KB023838

이솝 이야기 2

이솝 이야기 2

이솝 지음 | 아서 래컴 그림 | 이지영 옮김

더클래식

| 차례 |

1
늑대와 아기 염소

옛날에 아기 염소 한 마리가 살았다. 아기 염소는 날마다 자라는 뿔을 보고 자기가 다 큰 숫염소라고 생각했다. 그러던 어느 날 저녁, 염소 떼가 풀밭에서 집으로 돌아갈 무렵 아기 염소는 풀을 열심히 뜯어 먹다가 엄마가 부르는 소리를 듣지 못하고 말았다. 그래서 염소 떼와도 떨어져 홀로 남게 되었다.

혼자 남은 아기 염소를 두고 해가 지기 시작했다. 기다란 그림자가 땅 위를 기어 다니고 서늘한 바람이 그림자와 함께 풀밭을 가로지르며 무섭게 울었다. 아기 염소는 늑대가 생각나 두려움에 떨었다. 그러고는 엄마를 부르며 벌판을 달렸다. 하지만 반도 못 가서, 덤불숲에 숨어 있던 늑대에게 잡히고 말았다! 겁에 질린 아기 염소는 떨리는 목소리로 늑대에게 말했다.

"저기, 늑대님. 저를 드시기 전에 노래를 불러 주세요. 죽기 전에 춤이라도 실컷 추고 싶어서요."

늑대는 식사를 하기 전에 음악을 듣는 것도 좋겠다고 생각하고는 즐겁게 노래를 불렀다. 아기 염소는 즐겁다는 듯 뛰어놀기 시작했다.

하지만 그때, 염소 떼는 아직 집에 가고 있던 중이었다. 고요한 저녁 공기를 타고 퍼져 나가는 노래에 양치기 개들이 귀를 쫑긋 세웠다.

바로 먹이를 잡아먹기 전에 늑대가 부르는 노랫소리였다. 개들은 곧 새끼 양을 구하러 들판으로 달려 나갔다. 늑대는 개들을 보자마자 노래를 멈추고 도망치면서 생각했다.

'아기 염소를 그 자리에서 잡아먹기는커녕 노래를 불러 준 내가 바보였어.'

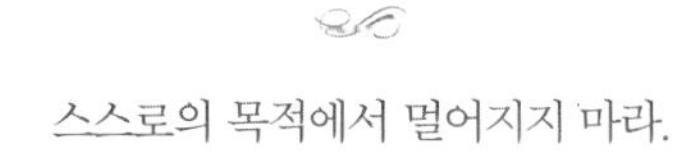

스스로의 목적에서 멀어지지 마라.

2
여우와 베짱이

베짱이 한 마리가 나뭇가지에 앉아 울고 있었다. 여우는 그 소리를 듣고 맛난 간식거리를 찾았다며 베짱이가 자기에게 내려오도록 무슨 수를 써야겠다고 생각했다.

그래서 여우는 일단 베짱이가 앉아 있던 나무 밑에 다가가 자기가 아는 모든 말을 동원해 베짱이의 노래를 칭찬했다. 그러고는 그 아름다운 목소리의 주인공과 친분을 맺고 싶다고 말하며 베짱이에게 나무 밑으로 내려오라고 했다. 하지만 베짱이는 쉽게 속지 않았다. 대신 이렇게 대답했다.

"나리, 제가 당신께 내려갈 거라고 생각하셨다면 뭔가 착각하신 것 같네요. 여우가 있는 자리에 발을 들였다가 날개 한 조각 남아나지 않은 베짱이를 몇 마리 알고 나니 당신들이 있는 곳은 피해 가게 되었답니다."

현명한 사람은 이웃의 불행을 보고 배운다.

3
강가의 여우들

여우 몇 마리가 물을 마시려고 강가에 모였다. 하지만 물줄기가 너무 세고 강이 너무 깊은 데다 위험해 보이기까지 해서 여우들은 근처에 쉽게 다가가지 못했다. 그저 두려워하지 말라고 서로를 다독이기만 할 뿐이었다. 결국 여우들 중 한 마리가, 자신이 얼마나 용감한지를 뽐내어 다른 이들을 부끄럽게 만들고 싶은 마음에 이렇게 말했다.

"저 정도는 전혀 무섭지 않아! 잘 봐, 지금 저 물에 들어가 줄 테니!"

하지만 말을 마치기가 무섭게 여우는 세찬 물살에 떠밀려 내려가기 시작했다. 다른 여우들은 그 모습을 보며 이렇게 울었다.

"우릴 두고 가면 어떡해! 당장 돌아와. 물 마실 곳 정도는 알려 주고 가라고!"

그러자 떠내려가는 여우가 대답했다.

"조금만 기다려. 이 정도 물살이면 아무 탈 없이 바다까지 갈 것 같거든? 그러니까 해안까지 다 보고 돌아와서 알려 줄게!"

큰소리만 치는 사람들이 위험을 자초한다.

4
수탉과 여우

어느 화창한 날 아침, 여우 한 마리가 농부의 닭장에 너무 가까이 다가간 바람에 올무에 걸리고 말았다. 아무리 배가 고팠다고는 해도 닭을 훔치려 했으니 벌을 받을 수밖에 없었다.

때마침 아침 일찍 일어난 수탉 한 마리가 우연히 여우를 보았다. 수탉은 조심스럽게 올무에 걸린 여우의 곁으로 다가가 그를 자세히 살펴보았다. 그 모습을 보고 여우는 어쩌면 탈출할 수 있을지도 모르겠다고 생각하며 이렇게 말했다.

"이보게 친구, 내 말 좀 들어 봐요. 나는 그저 아픈 친척에게 문병을 가는 길이었는데 이렇게 올무에 걸리고 말았소. 하지만 제발 다른 이들에게는 소문 내지 말아요. 누가 나 때문에 슬퍼하는 건 싫거든. 어차피 이 올무의 밧줄도 곧 끊을 수 있을 것 같고."

하지만 수탉은 그 말에 쉽게 속지 않았다. 수탉은 우렁찬 울음소리로 닭장 안의 식구들을 모두 깨웠다. 그리고 그 소리에 농부가 달려 나왔다. 그렇게 불쌍한 여우의 삶은 끝이 났다.

사악한 자를 도울 필요는 없다.

5
수사슴과 사자

사냥개에게 쫓긴 수사슴이 동굴에 몸을 숨겼다. 하지만 운이 없게도 그 동굴에는 사자 한 마리가 있었다. 수사슴은 곧장 사자에게 잡혀 먹히면서 이렇게 울부짖었다.

"나도 참 운이 없구나. 사냥개로부터 도망쳤나 싶었더니 사자의 손아귀에 붙잡혔네!"

프라이팬을 나와 불구덩이로 들어가다.

('작은 어려움을 피하려다 큰 어려움을 당하다.'라는 뜻이다.)

6
사자와 늑대와 여우

사자가 나이를 먹어 자신의 굴에 몸져눕게 되자 여우를 제외한 숲 속의 모든 짐승이 그에게 병문안을 왔다. 이 사실을 안 늑대는 드디어 여우에게 복수를 할 기회가 왔다고 생각하고는 사자에게 여우의 부재를 일러바쳤다.

"그게 말입니다, 폐하, 모두가 폐하의 안위를 살피러 온 자리에 여우는 코빼기도 내밀지 않았습니다. 폐하의 근처에는 가기도 싫고, 폐하의 건강 따위는 신경조차 쓰지 않겠다는 것이지요."

바로 그때, 여우가 들어와서는 늑대의 말을 들었다. 기분이 나빠진 사자는 여우를 향해 큰 소리로 으르렁댔다. 하지만 여우는 침착하게 자신이 왜 오지 않았는지를 설명하기 시작했다.

"폐하, 어떻게 본다면 저만큼 폐하의 건강을 생각한 자도 없을 듯합니다. 그동안 저는 백방으로 의사들을 찾아다니며 폐하의 병을 낫게 할 방도를 찾고 있었으니까요."

그의 말에 사자는 이렇게 말했다.

"그래서 그 방도는 찾았는고?"

여우는 냉큼 대답했다.

"예, 폐하. 늑대의 가죽을 벗겨 온기가 남아 있을 때 몸에 걸치시면

된다고 합니다."

그 말을 들은 사자는 여우의 처방을 시험해 보기 위해 자신의 앞발로 단번에 늑대를 죽였다. 하지만 여우는 그 모습을 보고 속으로 웃으면서 이렇게 혼잣말을 했다.

"남을 해칠 생각을 했으니 저런 꼴을 당하는 거지."

첫 번째 거짓말을 한 자는 용서받을 기회조차 없다.

7
까마귀와 물병

메마른 날씨 때문에 새들조차 마실 물을 제대로 찾을 수 없던 어느 날, 목마른 까마귀 한 마리가 물이 조금 들어 있는 병을 발견했다. 하지만 병은 깊은 데다 병목까지 좁았다. 까마귀가 아무리 애를 써도 병 속의 물을 마실 수는 없었다. 지친 까마귀는 갈증 때문에 죽을 것 같았다.

바로 그 순간, 까마귀의 머릿속에 기발한 생각이 하나 떠올랐다. 그는 자신의 생각을 바로 실천에 옮겼다. 조그만 자갈 몇 개를 주워 와서는 하나씩 물병 속에 빠트리기 시작했던 것이다. 자갈을 하나씩 물병에 넣을 때마다 병 속의 물은 조금씩 위로 올라왔다. 그리고 마침내 까마귀의 부리가 닿는 곳까지 올라왔다. 그 덕분에 까마귀는 귀중한 물을 마음껏 마실 수 있었다.

위기에 몰렸다면 기지를 발휘하라. 길이 보일 것이다.

8
까마귀와 큰 까마귀

어느 날 까마귀가 큰 까마귀를 질투하게 되었다. 큰 까마귀는 미래를 예언하는 징조의 새로 여겨져 인간들의 존경을 받았기 때문이다. 까마귀도 인간들에게 그런 식의 존경을 받고 싶었다. 그러던 어느 날, 한 무리의 여행자들이 다가오는 것을 본 까마귀는 길가에 있던 나무에 앉아 큰 목소리로 울기 시작했다. 여행자들은 까마귀의 울음소리를 듣고 처음에는 불길한 징조라고 생각해서 크게 낙심했다. 하지만 그들 중 하나가 까마귀를 알아보고는 이렇게 말했다.

"괜찮네, 친구들. 무서워할 필요 없겠어. 그냥 까마귀 울음소리였는데, 뭘."

잰 체하는 자들은 스스로를 웃음거리로 만들 뿐이다.

9
앵무새와 고양이

어느 날 어떤 사람이 앵무새 한 마리를 사 와서는 자신의 집에 풀어 놓았다.

앵무새는 자유롭게 이곳저곳을 날아다니다가 벽난로 위에 앉아서 마음대로 노래를 불렀다.

하지만 그 바람에 마룻바닥의 깔개 위에서 자고 있던 고양이가 눈을 뜨고 말았다. 고양이는 자신의 잠을 깨운 불청객을 올려다보면서 이렇게 말했다.

"당신은 대체 어디서 온 누구죠?"

고양이의 물음에 앵무새가 대답했다.

"당신의 주인이 방금 전에 나를 사서 집에 풀어놓았지요."

그러자 고양이는 이렇게 말했다.

"이런 버릇없는 새 같으니라고. 이 집에 새로 온 주제에 그 따위로 노래를 부르니? 나는 이 집에서 나고 자란 몸이야. 그런 이 몸조차 이 집에서 노래라도 한번 부를라치면 이 집 가족들이 물건을 던지면서 나를 쫓아내려고 하는데."

그 말에 앵무새는 이렇게 대답했다.

"이것 봐요, 아줌마. 말조심해요. 사람들은 내 목소리를 좋아하거든요. 그런데 당신 목소리는, 뭐, 아무리 생각해 봐도 참 듣기 싫은데요."

남을 함부로 헐뜯지 마라.

10
당나귀와 노새

당나귀와 노새가 등에 짐을 잔뜩 진 채 길을 걷고 있었다. 한동안은 길이 평탄해서 당나귀도 쉽게 걸을 수 있었다. 하지만 언덕 사이로 이어진 길은 점점 가파르고 거칠어지기 시작했고, 당나귀도 서서히 지쳐 갔다. 그래서 당나귀는 함께 동행하던 노새에게 자기의 짐을 약간만 나누어 들어 달라고 부탁했다. 하지만 노새는 거절했다. 결국 지칠 대로 지친 당나귀는 발을 헛디뎌 가파른 언덕에서 굴러떨어져 죽고 말았다.

노새와 당나귀를 몰던 마부는 절망에 빠졌다. 그래도 침착하게 당나귀의 짐을 가져다 노새의 등에 올린 다음, 당나귀의 가죽도 잘 벗겨서 노새의 짐 위에 얹어 버렸다. 짐이 너무나도 무거워 노새도 간신히 버틸 수 있을 지경이었다. 결국 노새는 고통스럽게 길을 가면서 이렇게 중얼거렸다.

"자업자득이지 뭐. 애초에 당나귀 녀석을 도와주었더라면 그 녀석이 지던 짐에다 그 녀석의 가죽까지 지고 갈 일은 없었을 거 아니야."

서로 도와야 한다.

11
좋은 생각과 나쁜 생각

이 세상이 갓 만들어졌을 무렵에는 좋은 생각과 나쁜 생각이 똑같이 사람들에게 일어났다. 그래서 사람들은 좋은 생각의 온전한 축복을 받지 못했지만, 나쁜 생각을 품고 완전히 망가지지도 않았다. 하지만 인간은 어리석었다.

결국 나쁜 생각은 그 수가 엄청나게 불어나 힘을 얻었다. 이대로 가다가는 사람들에게 나쁜 생각만 생겨나 좋은 생각은 한 톨도 찾아볼 수 없게 될 것만 같았다.

그래서 좋은 생각은 하늘로 올라가 제우스에게 자신들이 그동안 무슨 일을 당했는지 불평을 늘어놓았다.

그러고는 자신들을 나쁜 생각으로부터 보호해 줄 만한 힘을 내려달라고 빌었다. 사람들의 틈바구니에 쉽게 섞이는 방법에 대해서도 물어보았다.

제우스는 좋은 생각의 간절한 부탁을 들어주기로 했다. 나쁜 생각의 공격을 피하기 위해, 앞으로 사람들 앞에 무리로 나서는 대신 하나씩 따로따로 사람들의 마음속에 대중없이 스며들게 한 것이다.

이 때문에 제멋대로 횡행하면서 사람들 가까이에서 사는 나쁜 생각만이 세상에 가득 차게 되었다. 그렇지만 좋은 생각은 한 번에 오직 하나씩만 하늘에서 내려오게 되었다. 오호라, 이 세상에서 좋은 생각을 찾기는 얼마나 어려운지!

악한 생각은 그 자체로 천벌이다.

12
할머니와 와인 단지

어떤 할머니가 희귀하고 값비싼 와인이 담겨 있던 빈 단지를 주웠다. 그 안에는 귀한 와인이 남긴 아름다운 향기가 여전히 남아 있었다. 할머니는 빈 와인 단지에 코를 대고 몇 번이고 향기를 들이마셨다.

"아, 이렇게 기막힌 향기가 아직도 남아 있다니! 분명 엄청나게 맛좋은 와인이었을 거야!"

선행의 기억은 오래도록 남는 법이다.

13
말과 마부

옛날 옛적에 마부 한 사람이 살고 있었다. 이 마부는 자기가 돌보는 말의 발굽을 다듬고 털을 빗어 주는 데는 오랜 시간을 들였지만, 말이 하루 동안 먹을 귀리를 일부 빼돌려 팔아서는 돈을 챙겼다. 말은 굶으면서 점점 야위어 갔다. 그러던 어느 날, 마부에게 이렇게 외쳤다.

"내 몸에 윤기가 흐르는 걸 보고 싶으면 그렇게 빗질만 하지 말고 먹을 걸 좀 줘요."

누군가를 도우려거든 제대로 도와라.

14
소년과 달팽이들

어느 날 농부의 아들이 달팽이를 잡았다. 양손 가득 달팽이를 잡은 소년은 불을 피워 달팽이들을 먹기 좋게 굽기 시작했다. 한참 불 속에서 구워진 뒤에야 제 껍질 속에 틀어박혀 있던 달팽이들은 열기를 느꼈다. 그러고는 열기를 피해 껍질 속으로 숨어들면서 휘익 하고 소리를 질렀다. 하지만 그 소리를 듣고 소년은 이렇게 말했다.

"참 불쌍하네. 집이 불타는데 휘파람을 불 정신이 있어?"

상황에 맞지 않는 행동은 비난받는다.

15
농부와 티케*

어느 날 어떤 농부가 자기 밭을 갈다가 흙 속에서 금화가 가득 든 단지를 파냈다. 농부는 뜻밖의 보물에 크게 기뻐했다. 그래서 그 뒤로 땅의 여신 데메테르의 신단에 매일 제물을 올렸다. 행운의 여신 티케는 이 광경을 보고 기분이 나빠져서는 농부를 직접 찾아가 이렇게 말했다.

"이보게. 선물을 준 건 나 티케인데 왜 땅의 여신에게 제사를 지내는 거지? 행운을 얻고도 행운의 여신에게 감사할 생각조차 하지 않다니. 그러고도 지금 가진 것을 모두 잃어버린다면 그때는 나를 욕하겠지?"

감사를 해야 마땅한 곳에 감사하라.

---

* 그리스 신화에 나오는 행운의 여신. 로마 신화 속 행운의 여신 포르투나(Fortuna. 행운, 즉 'fortune'의 어원)와 대응된다.

16
과부와 하인들

검소하고 부지런하기로 소문난 어떤 과부가 두 명의 하인을 두었다. 과부는 이들에게 일을 아주 많이 시켰다. 그래서 하인들은 아침에 침대에서 늑장을 피우기는커녕, 늙은 과부 때문에 닭이 울 때 일어나 일을 해야 했다. 하인들은 일찍 일어나는 것이 무척 싫었고, 특히 겨울에는 더욱 그러했다.

그러던 어느 날, 하인들은 수탉이 그렇게 일찍 과부를 깨우지만 않는다면 좀 더 잘 수 있을지도 모른다고 생각했다. 그래서 이들은 수탉을 잡아서는 목을 비틀어 버렸다. 하지만 결과는 정반대였다. 평소처럼 수탉이 울지 않자, 과부가 이제는 오밤중에 하인들을 깨워서 일을 시켰기 때문이었다.

어떤 것은 절대로 바꿀 수 없다.

17

램프

어떤 등불이 배에 기름을 가득 채우고는 밝은 불빛을 내고 있었다. 등불은 자신의 밝은 빛을 보고는 허영심에 가득 차 자기가 태양보다 더 밝게 빛난다며 허풍을 떨었다.

바로 그 순간, 산들바람이 불며 등불의 불꽃을 꺼 버렸다. 그 모습을 지켜보던 사람은 등불에 다시 불을 붙여 주면서 이렇게 말했다.

"그냥 불꽃만 지키고 있어. 태양이 어쩌고저쩌고하지도 말고. 너는 별들보다 더 조그만 불꽃도 제대로 지키지 못해 꺼트려 버리잖아."

허영심으로부터 스스로를 지켜라.

18
염소와 포도나무

염소 한 마리가 포도밭을 거닐다가 잘 익은 포도송이가 달린 포도나무의 어린 잎사귀를 뜯어 먹기 시작했다. 포도나무는 자신의 잎사귀가 뜯기는 것을 보고 이렇게 말했다.

"내가 무슨 짓을 했다고 이렇게 상처를 주는 건가요? 들판에 가득한 풀만으로는 부족했나 보군요. 하지만 아무리 내 잎사귀를 다 뜯어 먹고 나를 벌거숭이로 만들어도 말이죠. 당신이 제단에서 희생될 때 그 몸에 부을 와인 정도는 기어코 만들어 내고 말겠어요."

인과응보는 반드시 일어난다.

19
고래들과 돌고래들과 멸치

돌고래들이 고래들과 말다툼을 했다. 얼마 지나지 않아 고래와 돌고래들은 몸싸움을 벌이기 시작했다. 어찌나 치열하게 싸웠던지 도저히 끝날 기미가 보이지 않을 정도였다.

결국 작은 멸치는 싸움을 말려야겠다고 생각했다. 멸치는 고래와 돌고래들의 틈바구니에 끼어 들어가 싸움은 그만두고 서로 화해하라고 말했다. 하지만 돌고래 한 마리가 그를 비웃으며 이렇게 말했다.

"고작 멸치 한 마리의 말을 듣느니 싸우다 죽는 게 낫지!"

누군가는 기어코 싸우기 마련이다.

20
다랑어와 돌고래

돌고래 한 마리가 다랑어를 쫓고 있었다. 하지만 돌고래가 다랑어를 붙잡으려던 순간, 다랑어가 파도에 떠밀려 뭍으로 튕겨 올라갔다. 그 서슬에 신 나게 다랑어를 뒤쫓던 돌고래도 함께 뭍에 올라오게 되었다. 다랑어는 그럼에도 돌고래에게서 눈을 떼지 않았다. 오히려 그가 숨이 끊어질 때까지 돌고래를 지켜보고 또 지켜보면서, 이렇게 말했다.

"이젠 좀 더 편안히 죽을 수 있겠군. 이렇게 내 적수가 함께 죽다니 말이야."

죽기 직전에 적의 목숨을 빼앗는 것만큼 만족스러운 것도 없다.

21
배부른 여우

배고픈 여우 한 마리가 고목나무 구멍 안에 남겨진 빵과 고기를 발견했다. 목동들이 다시 돌아올 때를 대비해 남겨 두고 간 것이었다. 여우는 맛있는 음식을 보고 몹시 기뻐하며 좁디좁은 고목나무 구멍 속으로 들어갔다. 그러고는 그 안의 음식을 욕심껏 먹어 치워 버렸다. 하지만 여우는 구멍을 빠져나갈 수 없었다. 빵과 고기를 너무 많이 먹은 탓에 부를 대로 부른 배가 고목나무 구멍에 끼어 빠지지 않았다. 여우는 그 자리에 주저앉아 자신의 불행을 탓했다.

그 소리를 듣고 근처를 지나가던 다른 여우가 고목나무 구멍으로 다가와 배부른 여우에게 무슨 문제라도 있느냐고 물었다. 배부른 여우는 그간 일어난 일을 이야기했다. 여우는 이야기를 다 듣고 이렇게 말했다.

"뭐, 그러면 다시 배가 예전처럼 꺼질 때까지 거기 있을 수밖에 없겠네. 그러지 않고서는 빠져나갈 길이 없겠어."

욕심부리지 마라.

22
사자를 모셨던 여우

어떤 여우가 사자의 시중을 들고 있었다. 사냥을 나갈 때마다 여우가 사냥감을 찾아서 몰아주면 사자가 사냥감을 덮쳐서 죽였다. 그렇게 사냥을 끝내고 나면 사자는 일정한 비율로 여우와 사냥감을 나누곤 했다.

하지만 언제나 사자는 아주 많은 부분을, 여우는 아주 적은 부분을 가져갔다. 사냥감 분배에 전혀 만족할 수 없었던 여우는 자신이 직접 사냥을 나가기로 했다. 양 떼들로부터 새끼 양을 훔치기로 한 것이다. 하지만 그를 발견한 양치기가 바로 개들을 풀어 여우를 쫓게 했다. 사냥꾼이 사냥을 당하게 된 것이다. 그리고 얼마 지나지 않아, 여우는 개들에게 붙잡혀 죽고 말았다.

위험한 자유보다 안전한 노예살이가 낫다.

23
사자와 멧돼지

무더운 한여름의 어느 날, 사자와 멧돼지가 물을 마시러 연못에 내려왔다가 우연히 마주쳤다. 이들은 곧 누가 물을 먼저 마셔야 할지 말다툼을 벌이기 시작했다. 말다툼은 곧 몸싸움으로 변했다. 사자도 멧돼지도 몹시 화가 나서는 서로를 공격했다.

하지만 잠깐 숨을 돌리는 동안, 사자와 멧돼지는 바위에 독수리 몇 마리가 앉아 있는 것을 보았다. 싸우다가 어느 한쪽이 죽으면 그 시체를 뜯어 먹으려는 것이 틀림없었다. 그 모습을 본 사자와 멧돼지는 정신이 번쩍 들었다. 그러고는 이렇게 말하면서 말다툼을 끝냈다.

"싸우다 저 독수리들에게 뜯어 먹히느니 지금 여기서 화해하자고."

싸우는 자가 있다면, 어딘가에는 그 틈을 이용하려는 자가 있기 마련이다.

24
대머리 남자와 날파리

날파리 한 마리가 어떤 남자의 대머리 위에 앉아서는 그를 물었다. 그러자 남자는 날파리를 죽이려고 손바닥으로 자기 머리를 내려쳤다. 하지만 날파리는 유유히 도망치며 남자를 놀리듯 이렇게 말했다.

"조금 문 걸 가지고 나를 죽이려 드는군요. 그런데 이걸 어쩌죠? 당신은 나보다 훨씬 세게 자기 머리를 때렸잖아요?"

그러자 대머리 남자는 이렇게 대답했다.

"이건 괜찮아. 나에게 상처를 입히려고 때린 게 아니거든. 하지만 너는 말이지, 이 하찮은 버러지야, 사람의 피를 빨아먹고 살잖아. 그러니 널 으깨 버리기 위해서라면 그보다 더한 것도 할 거야!"

야비한 적을 알게 되면 도리어 다치게 되는 것은 자신이다.

25
조난자와 바다

난파된 배에서 살아남은 조난자가 해안에 다다랐다. 파도와 싸우느라 지친 조난자는 그 자리에서 잠이 들었다. 그리고 깨어나자마자 부드러운 미소라도 지을 듯 사람들을 홀려서는 그 위에 배라도 띄우면 분노에 휩싸여 배와 여행자들을 파멸로 몰아넣는, 잔인한 바다를 원망하고 또 원망했다.

그의 말을 듣고 바다는 여자의 모습으로 나타나 이렇게 대답했다.

"여행자여, 부탁이니 저 대신 바람을 원망하세요. 저희는 원래 땅만큼이나 고요하고 부드럽답니다. 하지만 바람이 불어와 돌풍이라도 일으키면 저희도 분노에 휩싸여 흔들릴 수밖에 없어요."

무언가를 하기 전에 그것이 무엇인지 이해하라.

26
강과 바다

옛날에 모든 강이 한데 뭉쳐 자신의 물을 짭짤하게 만드는 바다에게 항의를 한 적이 있었다. 그들은 입을 모아 바다에게 이렇게 말했다.

"우리 강물이 당신에게 향할 때에는 부드럽고 마실 만한 물만을 가져다 드리지요. 하지만 당신과 한번 섞이고 나면 우리의 물도 당신네 바닷물만큼이나 짜고 삼키기 힘들게 변해 버려요."

그들의 말에 바다는 짤막하게 대답했다.

"그럼 우리랑 섞이지 않으면 되지. 계속 부드럽기만 하도록 말이야."

타인을 허물하지 마라.

27
두 개의 가방

모든 사람은 저마다 두 개의 가방을 앞뒤로 매고 있다. 그리고 이 가방에 잘못한 일들을 가득 채운다. 자신의 앞에 맨 가방에는 주변 사람들의 잘못을, 그리고 뒤에 맨 가방에는 자신의 잘못을 채워 넣는다. 그 때문에 사람들은 자신의 잘못은 몰라도 남의 잘못은 귀신같이 찾아내는 것이다.

남의 눈 속의 티끌은 보여도 내 눈 속의 들보는 안 보인다.

28
노새

어느 날 노새 한 마리가 하루 일을 마치고 푹 쉬었다가 먹이를 먹었다. 그는 기운을 되찾자 머리를 높이 쳐들고는 마구간 안을 뛰면서 이렇게 말했다.

"우리 아버지는 분명 순혈 경주마였을 거야. 이렇게 그의 힘이 느껴지는걸."

하지만 다음 날, 노새는 마구를 차고 하루 종일 일을 해야 했다. 그래서 저녁 무렵 그는 완전히 기가 죽어 이렇게 말했다.

"내가 잘못 생각했어. 우리 아버지는 역시 노새였나 봐."

족보를 과시하기 전에 제대로 확인하라.

29
사자와 당나귀

사자와 당나귀가 함께 사냥을 나가기로 약속했다. 사냥감을 찾던 그들은 야생 염소 몇 마리가 동굴에 뛰어드는 것을 보고 그들을 잡기 위해 계획을 세웠다. 당나귀가 동굴에 들어가 염소들을 동굴 밖으로 쫓아내면 입구에서 기다리던 사자가 이들을 덮치기로 한 것이다. 이 계획은 멋지게 성공했다. 당나귀는 동굴 안에서 무섭게 울부짖으며 젖 먹던 힘을 다해 발길질을 했다. 덕분에 염소들은 겁에 질려 밖으로 도망치다가 사자에게 붙잡히고 말았다. 계획이 성공한 것을 본 당나귀는 위풍당당하게 동굴에서 나오며 말했다.

"내 모습 봤죠?"

그의 말에 사자는 대답했다.

"당연히 봤지. 너희 당나귀들이 어떤 놈들인지 몰랐다면 나도 무서워서 도망쳤을 거야."

입만 살아 있는 허풍쟁이들은

그를 잘 아는 이들에게는 아무것도 아니다.

30
사자와 생쥐와 여우

사자가 자신의 굴 입구쯤에서 자고 있었다. 그런데 생쥐 한 마리가 그의 등을 타고 넘어가다가 그만 발로 간지럼을 태우고 말았다. 사자는 놀라서 벌떡 일어나 자신의 단잠을 깨운 범인을 찾았다. 그 모습을 보던 여우는 마침내 사자를 놀릴 거리가 하나 생겼다고 생각했다. 그러고는 이렇게 말했다.

"우와, 사자가 생쥐를 무서워하는 건 난생처음 봤네요."

그러자 사자가 퉁명스럽게 대답했다.

"이 몸이 생쥐를 무서워해? 천만에! 나는 그 생쥐 녀석의 무례함에 짜증이 난 거라고."

약간의 방종함이 큰 무례가 될 수 있다.

31
독수리와 화살

독수리 한 마리가 험한 바위산에 앉아서 날카로운 눈으로 사냥감을 찾고 있었다. 하지만 산의 바위틈에 숨어 있던 사냥꾼이 그를 찾아내서는 화살을 쏘았다. 화살은 그 자리에서 독수리의 가슴을 꿰뚫었다. 독수리는 고통스럽게 죽어 가면서 원망스럽게 화살을 쳐다보았다.

"아! 이 잔혹한 운명이여. 이렇게 죽어야 하다니. 하지만 더 잔인한 게 남아 있구나. 나를 죽인 이 화살이 이제는 독수리의 깃털을 달겠구나!"

스스로의 잘못으로 생긴 불운이 가장 견디기 어려운 법이다.

32
오크나무와 갈대들

어떤 오크나무가 개울가에서 가느다란 갈대들과 함께 살고 있었다. 바람이 불 때면 오크나무는 하늘로 수백 개의 나뭇가지를 자랑스럽게 쭉 편 채로 바람을 견뎌 냈다. 하지만 갈대들은 그때마다 납작 엎드려 절하면서 구슬픈 노래를 불렀다. 결국 어느 날, 오크나무는 갈대들에게 말했다.

"힘들지? 아무리 약한 바람이 불어도 너희 갈대들은 몸을 납작 엎드려야 하잖아. 튼튼한 나는 아무리 거센 바람이 불어도 꿋꿋이 버티는데 말이야."

그 말을 듣고 갈대들은 이렇게 대답했다.

"우리 걱정은 하지 말아요. 우리는 그때마다 고개를 숙여 화를 면하거든요. 그러니까 바람은 우리를 해칠 수 없어요. 하지만 당신은 자기의 힘만 믿지요. 자만에 빠져 바람에 맞서고요. 그러다 나중에 큰일을 당할지도 몰라요."

그런데 그때, 북쪽으로부터 엄청난 태풍이 불어 닥쳤다. 이전처럼 고분고분한 갈대들이 몸을 한껏 웅크리는 동안 오크나무는 자랑스럽게 태풍에 맞섰다.

그 거만한 태도에 태풍은 화가 나서 더 강한 힘으로 오크나무를 흔

Arthur Rackham 1912

들었다. 그 순간 오크나무는 그를 불쌍히 여기는 갈대들 사이로 뿌리째 뽑혀 바닥에 쓰러졌다.

맞서지 말아야 할 때에는 고집스럽게 맞서기보다 순종하는 것이 낫다.

33
독사와 목공소의 줄

독사 한 마리가 목수의 가게에 들어와 공구들 사이를 헤집고 다니며 먹을 것을 구걸했다. 그러다 나무를 깎고 다듬을 때 쓰는 줄을 보고는 먹을 것을 달라고 부탁했다. 그 말을 듣고, 구두쇠 같은 줄은 연민 어린 목소리로 이렇게 대답했다.

"참 너도 바보구나. 나야말로 모든 나무를 깎을 대로 깎아 버리고는 아무것도 돌려주지 않는데. 그런 나한테 구걸하러 왔어?"

욕심 많은 자는 거의 주는 법이 없다.

34
병사와 말

전쟁이 일어나자, 어떤 병사가 귀리를 충분히 먹여 가며 자신의 말을 잘 돌보았다. 전장에 나섰을 때 자신을 대운 채 온갖 어려움을 이겨 내고, 필요하면 위험으로부터 재빨리 벗어날 수 있을 만큼 말이 튼튼해야 했기 때문이었다.

그러나 전쟁은 곧 끝이 났고, 병사도 본업으로 돌아갔다. 그러고는 말에게 온갖 힘든 일을 시키며 눈곱만큼도 제대로 돌봐 주지 않았다. 게다가 먹을 것도 왕겨 말고는 아무것도 주지 않았다.

얼마 후, 전쟁이 다시 일어났다. 병사는 말의 등에 안장을 얹고 고삐를 채웠다. 그리고 자신은 무거운 갑옷을 입고 말에 올라 전장으로 달려갔다. 하지만 반쯤 굶다시피 한 불쌍한 말은 결국 제 주인의 무게를 이기지 못하고 주저앉았다. 말은 주인에게 이렇게 말했다.

"주인님, 이번에는 걸어가셔야겠습니다. 일만 죽어라 하고 먹이는 제대로 못 먹은 덕분에 당나귀처럼 약해져 버렸네요. 한동안 쉬어야 다시 말 노릇 좀 할 것 같아요."

신중함은 능력이다.

35
광대와 농부

어느 귀족이 원형 극장에서 야외 공연을 열겠다고 발표했다. 그리고 야외 공연에서 참신한 재능을 선보이는 자에게 후한 상을 내리겠다고 말했다. 그 소식을 듣고 온갖 마술사와 곡예사가 모여들었다. 그 중에는 많은 팬을 거느린 광대 한 사람이 있었다. 그는 이번 야외 공연에서 새로운 묘기를 발표하겠다고 공언했다.

그렇게 야외 공연 날이 왔다. 공연이 시작되기 한참 전부터 관객들이 극장의 끝부터 끝까지 한가득 모여들었다. 곧 공연이 시작되자 많은 공연자가 자신만의 재주를 선보였다. 그리고 마침내 유명한 광대의 차례가 되었다. 그는 아무 도구도 없이 빈손으로 혼자서 무대 위에 올라왔다. 관객들은 기대감에 가득 차 숨을 죽인 채 그를 보았다.

잠시 후, 광대는 고개를 가슴에 닿을 정도로 푹 떨구더니 돼지 울음소리를 내기 시작했다. 그 소리가 어찌나 진짜 돼지와 똑같던지 광대가 진짜 돼지를 품 안에 숨긴 것 아니냐고 관객들이 의심할 정도였다. 하지만 그는 곧 자기 품 안에 돼지가 전혀 없음을 보여 주었고, 관객들은 그의 묘기에 우레와 같은 박수를 보냈다.

그런데 관객들 틈에 끼어 있던 농부는 생각이 달랐다. 광대의 묘기가 아무것도 아니라고 생각되었다. 그래서 다른 관객들을 향해 광대의 재주보다 훨씬 더 대단한 것을 내일 보여 주겠노라고 공언했다.

다음 날이 되었다. 이번에도 극장은 관객들로 넘쳤다. 그리고 다시 광대가 흉내 낸 돼지 소리를 듣고 관중들은 환호성을 질렀다. 이어 농부의 차례가 되었다. 농부는 무대에 올라가기 전에 자기 옷 속에 진짜 돼지 한 마리를 숨겼다. 곧 무대에 올라온 농부를 보고 관객들은 재주를 보여 달라며 조롱하듯 말했다. 그 말을 들은 농부는 돼지의 귀를 꼬집었다. 돼지는 큰 소리로 악을 쓰기 시작했다. 그 소리를 들은 관중들은 광대의 돼지 소리 흉내가 훨씬 더 실감 난다며 한목소리로 외쳤다. 결국 농부는 분을 참지 못하고 옷 속에서 돼지 새끼를 꺼내 바닥에 내동댕이쳤다. 그러고는 관중들을 향해 이렇게 비꼬았다.

"잘 보슈. 진짜가 뭔지도 모르는 주제에 누굴 평가한다는 거야!"

비평을 과신하지 마라.

36
점쟁이

어떤 점쟁이가 시장에 자리를 잡고서 손님들의 운세를 봐주고 있었다. 그런데 갑자기 어떤 사람이 점쟁이에게 달려오더니, 그의 집에 도둑이 들어 훔칠 만한 것들을 전부 훔쳐 갔다고 말해 주었다. 그 소식에 점쟁이는 벌떡 일어나 머리를 쥐어뜯고 도둑들에게 욕설을 퍼부으며 집으로 달려갔다. 행인들은 그 모습을 재미있다는 듯 지켜보았다. 그중 한 사람이 말했다.

"저 친구는 남의 운세는 잘 본다고 떠벌리더니만 자기 운명조차 제대로 모르는구먼."

남의 인생을 말하기 전에 자신을 돌아보라.

37
포로가 된 나팔수

어떤 나팔수가 군대의 선봉에 서서 행진하고 있었다. 그는 군가를 연주하면서 병사들의 사기를 돋우었다. 하지만 그도 결국 적군에게 붙잡히고 말았다. 나팔수는 적에게 살려 달라고 빌며 이렇게 말했다.

"저를 죽이지 마십시오. 저는 당신들의 목숨을 빼앗은 적이 없으니까요. 보시다시피 전 무기도 갖고 있지 않습니다. 가진 것이라고는 트럼펫뿐이랍니다."

하지만 적은 이렇게 대답했다.

"바로 그것 때문에 네가 이 자리에서 죽어야 하는 것이다. 스스로 싸우지 않는 대신 수많은 이를 싸우게 만드니까."

싸움을 일으킨 자는 싸우는 자들만큼 죄를 지은 것이다.

38
사냥개와 집토끼

어린 사냥개 한 마리가 집토끼를 쫓기 시작했다. 그런데 정작 집토끼를 잡고 나서는, 어떤 때에는 집토끼를 죽일 듯 이빨로 물려다가도 다른 개와 놀 때처럼 꼬리를 치며 놓아주기도 했다. 결국 집토끼는 장난에 지쳐 이렇게 말했다.

"대체 원하는 게 뭐야? 나와 친구가 되고 싶은 거라면 나를 왜 물려고 해? 그리고 나의 천적이 되고 싶다면, 도대체 나랑 왜 놀고 싶어하는 건데?"

이중적인 태도를 보이는 자는 친구가 아니다.

39
늙은 사냥개

자신의 주인을 오랜 시간 동안 충직하게 모시면서, 한창 때에는 수많은 사냥감을 몰았던 사냥개가 있었다. 하지만 나이가 들면서 사냥개도 힘을 잃었고 달리는 속도도 느려졌다.

결국 어느 날, 그의 주인이 사냥을 하다가 늙은 사냥개에게 힘센 야생 멧돼지를 몰아오게 했다. 늙은 사냥개는 멧돼지의 귀를 있는 힘껏 물었다. 하지만 그 바람에 이빨 몇 개가 빠져 버렸고, 결국 멧돼지를 놓치고 말았다. 그 광경을 본 주인은 늙은 사냥개를 심하게 구박했다. 하지만 사냥개는 그에게 이렇게 말했다.

"주인님을 모시고자 하는 의지는 언제나처럼 강합니다만, 나이가 드니 몸이 약해졌습니다. 그러니 부디 저의 옛 모습을 기억하시고 존중해 주십시오. 지금의 나약한 모습을 보고 혼내지 마시란 말입니다."

병약함을 비난하지 마라.

40
독수리와 고양이와 암멧돼지

어떤 커다란 나무가 있었다. 이 나무의 우듬지에는 독수리가 둥지를 틀었고, 중간쯤에 난 옹이구멍에는 고양이와 새끼들이 살고 있었으며, 밑둥치에는 암멧돼지가 새끼들을 데리고 자리를 잡고 있었다. 하지만 고양이의 사악한 꾀 때문에 이 셋은 결국 좋은 이웃이 되지 못했다.

어느 날, 고양이는 나무 위로 올라가 둥지에 있던 독수리에게 이렇게 말했다.

"큰일 났어요. 밑둥치에 사는 끔찍한 암멧돼지가 이 나무를 뿌리째 뽑아서는 저와 당신은 물론이고 새끼들까지 잡아먹으려 해요. 그 친구가 언제나 나무뿌리를 파내는 거, 당신도 봤잖아요."

독수리를 겁에 질리게 만든 뒤, 고양이는 이번에는 나무 밑둥치로 내려가 암멧돼지에게 이렇게 말했다.

"큰일 났어요. 저 위에 사는 독수리를 조심해야겠어요. 당신이 새끼들을 외출시키면 언제라도 잡아다가 제 새끼들을 먹이려고 저 위에서 기회를 노리고 있대요."

암멧돼지도 고양이의 계획대로 독수리만큼 겁에 질렸다. 고양이는 자신도 짐짓 겁먹은 체하며 나무 중간에 난 자신의 옹이구멍에 숨어서는 낮 동안 다시는 나오지 않았다. 그러고는 밤에만 이웃들 몰래 밖으로 나와 자신과 새끼들이 먹을 것을 챙겼다. 하지만 독수리와 암멧돼지는 두려움에 사로잡힌 나머지 집으로 한 발짝도 나오지 못했다. 결국 얼마 후, 우듬지의 독수리 가족과 뿌리에 살던 멧돼지 가족은 모두 굶어 죽었다. 그리고 고양이 가족은 그들의 사체로 든든히 배를 채우며 번성했다.

두려움에 잡아먹히지 마라.

41
아프로디테와 고양이

어떤 고양이가 잘생긴 젊은이를 사랑하게 되었다. 그래서 아프로디테 여신에게 자기를 여자 인간으로 바꿔 달라고 간청했다. 상냥한 아프로디테는 그 소원대로 즉시 고양이를 아름다운 아가씨로 만들어 주었다. 아가씨를 본 잘생긴 젊은이는 첫눈에 사랑에 빠졌고, 얼마 지나지 않아 그녀와 결혼했다.

그리고 얼마 후, 아프로디테는 아가씨로 변한 그 고양이가 자신의 외모만큼이나 습관을 바꾸었는지 알아보기로 했다. 두 사람이 있던 방 안에 쥐 한 마리를 풀어놓은 것이다. 쥐를 보자마자 아가씨는 모든 것을 잊고 잽싸게 쥐를 잡으려 여기저기를 뛰어다녔다. 그 모습을 본 아프로디테 여신은 크게 실망했다. 그러고는 그 아가씨를 다시 고양이로 되돌려 버렸다.

천성은 교육으로도 바꾸지 못한다.

42
염소치기와 염소

염소 한 마리가 들판에 핀 클로버에 이끌려 무리를 빠져나왔다. 염소치기가 빠져나가는 염소를 다시 불러들였지만 소용이 없었다. 염소는 클로버에만 정신이 팔려 있었기 때문이었다. 그래서 염소치기는 돌멩이를 집어 염소에게 던졌다.

그런데 그만 염소의 뿔이 돌에 부딪혀 부러지고 말았다. 염소치기는 겁을 집어먹고 염소에게 사정했다.

"주인님께는 말하지 말아 줘."

하지만 염소는 이렇게 대답했다.

"어떻게? 뿔은 벌써 부러졌는데!"

나쁜 행동은 절대 숨길 수 없다.

43
흑인 노예

어느 날 한 사람이 에티오피아인 노예를 얻었다. 노예의 피부는 다른 에티오피아인처럼 검었다. 하지만 새 주인은 노예의 전 주인이 그를 제대로 돌보지 않은 탓에 노예가 시커멓게 변했다고 생각했다.

그래서 새 주인은 엄청난 양의 비누와 뜨거운 물을 준비해서는 할 수 있는 힘껏 노예를 목욕시켰다. 그러나 소용없는 일이었다. 노예의 피부는 언제나처럼 검었다. 목욕을 한 탓에 감기에 걸려 죽을 때까지도, 그의 피부는 검었다.

뼛속까지 새겨진 것은 거죽에 드러나기 마련이다.

44
일꾼과 뱀

어떤 일꾼의 아들이 뱀에 물려 죽었다. 아버지인 일꾼은 슬픔에 빠져 한동안 아무 일도 할 수 없었다. 그러다 뱀에 대한 분노에 사로잡혀 도끼를 들고서 뱀 굴 앞에 섰다. 그러고는 뱀이 그 안에서 나올 때만을 기다렸다. 곧 굴속에서 뱀이 나오자 일꾼은 도끼를 잘 겨누어 내리쳤다. 하지만 뱀이 아슬아슬하게 굴속으로 피신하는 바람에 꼬리 끝만 간신히 끊을 수 있었다.

그래도 일꾼은 포기하지 않고, 뱀에게 화해하자며 거짓말을 했다. 하지만 뱀은 속지 않고 이렇게 말했다.

"화해하자고요? 당신은 아이를 잃었고 나는 꼬리를 잃었지요. 그러니까 우리는 절대 화해할 수 없답니다."

상처 입힌 자를 볼 때마다 상처는 잊기 힘들어진다.

45
궁수와 사자

궁수 한 사람이 사냥감 몇 마리를 잡아가려고 언덕 위로 올라갔다. 그 모습을 본 모든 동물은 그의 눈을 피해 여기저기로 숨었다. 그 와중에 사자는 홀로 남아 궁수한테 싸움을 걸었다. 사자를 본 궁수는 활을 쏘았고 사자가 화살에 맞는 모습을 보며 이렇게 말했다.

"이 녀석아. 먼저 내 화살에 혼부터 좀 나 봐라. 그리고 곧 가서 붙잡아 줄 테니 기다려."

하지만 사자는 화살에 맞자마자 있는 힘껏 도망가기 시작했다. 그 광경을 멀리서 지켜보던 여우는 사자를 보고 이렇게 말했다.

"이봐, 겁쟁이처럼 굴지 말라고. 왜 싸우지도 않고 도망가기 바쁜 거야?"

그 말을 듣고 사자가 대답했다.

"그 말에 내가 남을 것 같으냐. 저놈보다 먼저 온 화살이 저렇게 세다면, 그 화살을 부리는 저놈은 얼마나 잘 싸우겠느냐?"

멀리서도 해를 입힐 수 있는 사람을 가까이하지 마라.

46
채무자와 암퇘지

어떤 아테네 사람이 빚을 지게 되었다. 그에게 돈을 꾸어 주었던 채권자는 당장 빚을 갚으라고 엄포를 놓았다. 하지만 아테네 사람에게는 돈이 한 푼도 없었다. 그는 채권자에게 조금만 여유를 달라고 사정했다. 채권자는 그의 부탁을 거절했다. 그러고는 당장 돈을 내놓으라고 했다.

결국 아테네 사람은 이제 한 마리밖에 남지 않은 암퇘지를 시장으로 데려가 팔려고 했다. 그날 우연히 채권자도 동행하게 되었다. 그리고 두 사람이 시장에 도착하자마자, 어떤 사람이 아테네 사람에게 다가와 암퇘지가 새끼는 잘 낳는지 물어보았다. 그 말에 아테네 사람은 이렇게 대답했다.

"예. 그것도 아주 튼튼한 새끼를 낳습죠. 비교 축제에서는 암퇘지만 낳았고 파나테네아 축제 때에는 수퇘지만 낳았답니다!"*

그러자 옆에서 가만히 서서 듣고 있던 채권자가 끼어들며 이렇게 외쳤다.

---

* 고대 아테네 사람들은 비교 축제(Mysteries)에서는 암퇘지를, 파나테네아 축제(Panathenea)에서는 수퇘지를 바쳤으며, 디오니시아 축제(Dionysia)에서는 새끼 염소를 바쳤다.

"벌써 놀라시면 안 되죠. 디오니시아 축제에서는 저 암퇘지가 새끼 염소를 낳았다던데요!"

사람들은 자신의 이익을 위해 실현 불가능한 일을 맹세한다.

47
사자의 왕국

한때 사자가 모든 동물의 제왕이었던 적이 있었다. 하지만 그는 전혀 잔인한 폭군이 아니었다. 오히려 이상적인 왕이 그래야 하듯 자애로우면서도 공정했다. 또 그는 의회를 열고 모든 동물이 완전히 평등하게 조화를 이루어 살 수 있도록 법률도 만들었다. 이제 늑대와 양, 호랑이와 수사슴, 표범과 염소, 개들과 산토끼는 평화와 우애를 가지고 함께 살아가야만 했다. 그 소식을 듣고 집토끼는 이렇게 외쳤다.

"아! 마침내 약한 동물들도 강한 동물들을 두려워하지 않고 살 수 있구나!"

물과 기름은 섞이지 않는다.

48
사자와 제우스와 코끼리

몸집이 크고 힘도 센 데다 날카로운 이빨과 발톱까지 갖춘 사자도 두려워하는 것이 한 가지 있었다. 바로 수탉이 우는 소리였다. 오죽하면 닭이 우는 소리가 들릴 때마다 도망을 갈 정도였다.

결국 사자는 제우스에게 자신을 왜 그렇게 만들었느냐고 투정을 부렸다. 하지만 제우스는 자신이 크게 잘못한 것은 아니라고 대답했다. 제우스 자신은 사자를 만드는 데 할 수 있는 한 최선을 다했고, 사자의 단점 또한 그것 하나뿐이니 이대로 만족하라는 것이었다. 그래도 사자에게는 위로가 되지 못했다. 자신의 소심함이 너무나도 부끄러워 죽고 싶은 마음마저 들었다.

그러다가 사자는 코끼리와 이야기를 나누게 되었다. 코끼리가 언제나 무슨 소리를 들으려는 듯 귀를 쫑긋 세우고 있는 것을 보고 그 이유를 물어보았다.

바로 그때, 각다귀 한 마리가 윙윙대며 다가왔다. 그 소리를 듣고 코끼리는 이렇게 대답했다.

"저 빌어먹을 곤충 녀석이 보여? 저 녀석이 내 귀에 들어올까 봐 너무 겁이 나. 저게 내 귓속에 들어오면 난 끝장이라고."

코끼리의 말을 듣고 사자는 즉시 용기를 얻어 이렇게 혼자 되뇌었다.

"저렇게 몸집이 큰 코끼리도 각다귀를 무서워하는데, 그보다 수천 배는 몸집이 큰 닭을 무서워하는 건 진짜 별거 아니었구나."

당신보다 못한 자가 어딘가에 반드시 있다.

49
늑대들과 개들

옛날에 늑대들이 개들에게 이렇게 말했다.

"우리가 왜 이렇게 싸우고만 있어야 할까요? 사실 우리 늑대와 당신네 개들은 비슷한 점이 많습니다. 다른 것이라곤 키워진 방식뿐이지요. 우리는 자유롭게 삽니다. 하지만 당신네 개들은 인간의 노예가 되어 매를 맞고, 목에 커다란 목줄을 건 채 인간들의 가축들을 지켜야 하지요. 하지만 그것도 모자라 인간들은 그렇게 애쓴 당신에게 뼈다귀나 좀 던져 줄 뿐이지요. 더는 참지 마십시오. 양 떼와 가축들은 우리에게 넘겨요. 그러면 비옥한 땅에 살며 먹이를 마음껏 먹을 수 있을 겁니다."

늑대의 말에 개들은 모두 속아 넘어가고 말았다. 그래서 살던 곳을 떠나 늑대들이 사는 굴로 갔다. 하지만 굴에 들어가자마자 기다리고 있던 늑대들에게 갈기갈기 찢겨 죽고 말았다.

배신자들의 운명은 배신뿐이다.

50

파리와 짐마차 끄는 노새

파리 한 마리가 짐마차의 손잡이에 앉아서는 짐마차를 끄는 노새에게 말을 걸었다.

"참 느리게도 가네! 좀 더 빨리 달려 보라고. 아니면 계속 널 물어서 귀찮게 만들 거야."

하지만 그 말을 듣고도 노새는 별 내색을 하지 않았다. 대신 이렇게 말했다.

"지금 내 뒤에, 짐마차에 앉은 사람 보이지. 내 주인이야. 바로 저 사람이 고삐를 쥐고서 나를 때리지. 적어도 그에게는 복종할 거야. 하지만 너 같은 게 버릇없이 구는 건 보기 싫어. 거기다 나도 언제 빈둥거릴 수 있는지 정도는 안다고."

아무 힘없는 심술보의 불평은 무시하라.

51
짐 나르는 당나귀와 야생 당나귀

어느 날 방랑하던 야생 당나귀가 짐 나르는 당나귀와 마주쳤다. 짐 나르는 당나귀는 햇볕이 잘 드는 곳에 몸을 길게 뻗고 편안히 누워 있었다. 야생 당나귀는 그에게 다가가 이렇게 말했다.

"참 운 좋은 녀석이네! 부드러운 털을 보아하니 분명 잘 먹고 사는 모양이야. 이것 참 부럽구먼!"

얼마 지나지 않아 야생 당나귀는 일전에 보았던 짐 나르는 당나귀와 다시 마주치게 되었다. 하지만 짐 나르는 당나귀는 이번에는 무거운 짐을 지고 있었다. 그리고 그를 모는 마부가 뒤에 서서 두터운 회초리로 그를 때리고 있었다. 그 모습을 본 야생 당나귀가 말했다.

"아, 친구. 적어도 지금 모습은 하나도 부럽지 않아. 편안한 생활을 위해 무슨 대가를 치렀는지를 알고 나니 말이지."

손쉽게 편안함을 얻는다는 것은 믿기 어려운 축복이다.

52
짐 나르는 당나귀와 야생 당나귀와 사자

야생 당나귀 한 마리가 무거운 짐을 짊어지고 낑낑대는 당나귀를 보고는 그를 놀리기 시작했다. 짐 나르는 당나귀가 노예처럼 살고 있다며 이렇게 말했다.

"너도 참 운이 지독하게 나쁘구나! 그에 비해 나는 공기처럼 자유롭지. 일 같은 건 전혀 하지 않아도 돼. 그러다가 배가 고프면 언덕에 들어가 차고 넘칠 만큼 많은 풀을 뜯으면 되지. 하지만 네 꼬락서니를 좀 봐! 주인이 없으면 먹을 것도 스스로 찾을 수 없지. 거기다가 네 주인은 매일 너에게 저 무거운 짐을 옮기게 하면서도 계속 너를 때리기만 하잖아."

그때 사자 한 마리가 나타나 마부가 지키고 있는 짐 나르는 당나귀 대신, 보호해 줄 사람 없이 혼자 나대던 야생 당나귀를 공격해서는 맛있게 먹어 치워 버렸다.

스스로를 지킬 힘도 없이 독립하기를 자처하는 것은 어리석은 짓이다.

53
사자 가죽을 뒤집어쓴 당나귀

당나귀 한 마리가 사냥꾼이 숲에 남겨 두고 간 사자 가죽을 발견했다. 당나귀는 재미삼아 사자 가죽을 뒤집어쓰고는 덤불에 몸을 숨기고서 근처를 지나가는 동물들 앞에 갑자기 튀어나왔다. 동물들은 당나귀를 보자마자 꽁무니 빠지게 도망갔다.

당나귀는 동물들이 자기를 보고 겁에 질려 달아나는 모습을 보며 크게 기뻐했다. 마치 자신이 백수의 왕 사자라도 된 듯한 기분이었다.

그래서 결국, 참지 못하고 큰 소리로 히히힝 울고 말았다. 다른 동물들과 함께 달아나던 여우는 그 소리를 듣고 당나귀에게 다가갔다. 그리고 웃으면서 이렇게 말했다.

"그 입만 다물고 있었어도 깜빡 속을 뻔했어. 하지만 그 멍청한 울음소리 때문에 다 들통 나 버렸네."

화려한 겉모습으로는 어리석음을 감출 수 있을지 몰라도
말로는 감출 수 없다.

54
개미

개미들도 한때는 밭을 갈아 생계를 꾸리던 인간이었다고 한다. 하지만 그들은 스스로 거둔 결과에 만족하지 못하여 이웃들이 키워 낸 곡식과 과일을 부러운 듯 쳐다보았다. 결국 그들은 틈이 날 때마다 이웃의 과일과 곡식을 훔쳐 자신들의 저장고에 채워 넣었다.

마침내 그들의 탐욕에 제우스마저 크게 노하였다. 그는 이 욕심 많은 이들을 개미로 바꾸었다. 하지만 겉모양이 바뀐 지금에도 그들의 성품은 전혀 달라지지 않았다.

그래서 지금까지도, 개미들은 밭으로 나아가 다른 이들이 땀으로 일군 열매들을 모아서는 자신들의 저장고에 채워 넣는다고 한다.

아무리 도둑을 벌해도 그 성품까지 바꿀 수는 없다.

55
당나귀를 산 사람

어떤 사람이 당나귀를 사러 시장에 갔다. 그리고 자신이 원하는 것과 가장 비슷한 당나귀를 발견했다. 그는 당나귀를 잠깐 자신의 집에 데려가 녀석의 성품을 보게 해 달라고 당나귀의 주인에게 부탁했다. 그렇게 그는 당나귀를 집에 데려왔다. 그리고 다른 당나귀들이 있던 외양간에 새로 사 온 당나귀를 집어넣었다.

그러자 새로 온 당나귀는 주위를 한 번 둘러보더니 가장 게으르고 욕심 많은 녀석 옆에 가서 자리를 잡았다. 그는 당나귀를 다시 외양간 밖으로 끌어내서는 당나귀 주인에게 돌려주었다. 당나귀의 주인은 그 모습을 보고 깜짝 놀라서는 이렇게 물었다.

"어라, 벌써 이 녀석을 시험해 봤단 말이오?"

그 물음에 그 사람은 이렇게 대답했다.

"이 녀석이 좋아하는 친구들이 어떤 녀석인지를 알고 나니 더 볼 필요도 없었소이다."

어떤 사람의 성품은 그의 주변 사람을 보아 알 수 있다.

56
푸주한과 두 손님

두 명의 손님이 시장에 차려진 푸주한의 가판대에서 고기를 사고 있었다. 그런데 푸주한이 잠깐 등을 돌린 사이 손님 중 한 명이 고기 한 덩어리 훔쳐서는 다른 손님의 망토 밑에 숨겼다.

다시 자리로 돌아온 푸주한은 고기가 한 덩어리 모자란다는 것을 알고 손님들 중 누군가가 고기를 훔친 것이 아니냐고 추궁했다. 하지만 훔친 손님은 그 고기가 자기 수중에 없다고 했고, 훔치지 않은 손님은 자신은 고기를 가져간 적이 없다고 말했다. 푸주한은 손님들이 자신을 속였다는 것을 확신했지만 먼저 이렇게 말했다.

"그런 거짓말로 저는 속일 수 있을지 모르지만, 신들은 속이지 못할 것입니다요. 그리고 신들께서는 죄인들을 결코 그냥 두시지 않을 것입니다요."

얼버무리는 것은 위증과 진배없다.

57
대머리 사냥꾼

머리가 모조리 빠져 가발을 쓰게 된 어떤 남자가 사냥을 나갔다. 하지만 그날 하필 바람이 세게 불어서, 얼마 지나지 않아 남자의 모자는 물론이고 가발까지 날아가 버렸다. 사냥이 재미없어질 법도 했지만, 사냥꾼은 오히려 느긋이 농담을 하며 이렇게 말했다.

"아, 저 가발을 만들 때 썼던 머리카락도 주인의 머리에 제대로 붙어 있지 않았나 봐. 내 머리에도 붙어 있을 생각을 하지 않는 걸 보면 말이야!"

애초에 내 것이 아닌 것은 결코 내 것이 될 수 없다.

58
아버지와 두 딸들

어떤 아버지가 두 딸을 두었다. 그중 한 명은 정원사와, 다른 한 명은 옹기상이와 결혼을 했다. 얼마 후 아버지는 딸들이 어떻게 살고 있는지 보기로 했다.

그래서 먼저 정원사와 결혼한 딸에게 찾아갔다. 그러고는 사는 것이 어떤지를 물었다. 그러자 정원사와 결혼한 딸은 행복하게 잘 살고 있다고 대답했다. 그러면서 이런 말도 덧붙였다.

"그냥, 며칠 비나 좀 왔으면 좋겠어요. 정원이 완전히 말라 버려서 물이 필요하거든요."

그리고 아버지는 다시 길을 떠나 옹기장이와 결혼한 딸을 찾아가 사는 것이 어떤지를 물었다.

그러자 옹기장이와 결혼한 딸도 전혀 불만은 없다고 대답했다. 하지만 이런 말도 덧붙였다.

"그냥, 맑은 날이 며칠 계속되었으면 좋겠어요. 그이가 만든 옹기를 말려야 해서요."

그 말을 들은 아버지는 재미있다는 표정을 지으며 이렇게 말했다.

"너는 맑은 날을 원하는구나. 네 언니는 비가 좀 왔으면 좋겠다던데. 원래는 너희들의 바람을 이루어 달라고 기도를 드릴 참이었는데,

이제부터는 그게 누구의 소원인지는 밝히지 말아야겠어."

모두를 만족시킬 방법은 없다.

59
세 명의 장사치

도시의 시민들이 도시를 더욱 안전하게 만들기 위해 새로 건설될 요새를 무엇으로 지어야 하는가를 놓고 토론을 벌였다. 어떤 목수가 일어나서는, 쉽게 구할 수 있고 다루기도 쉬운 나무로 요새를 짓자는 의견을 내놓았다. 그러자 석공(石工)은 불이 잘 붙는 나무 대신 돌을 쓰는 것이 훨씬 낫다고 했다. 그러자 무두장이도 질세라 자리에서 일어나 이렇게 말했다.

"제 경험에 비추어 보면 역시 가죽이 최고입지요."

저마다 서로 다른 입장이 있다.

60
도둑과 여관 주인

어떤 도둑이 여관에 방을 잡고 며칠 머무르며 훔칠 만한 물건을 찾기로 했다. 하지만 딱히 훔칠 만한 것이 없어 보였다.

그러던 어느 축제일에, 여관 주인은 엄청나게 비싸 보이는 겉옷을 입고서 환기를 위해 열어 둔 문밖에 앉았다. 도둑은 바로 그 겉옷에 눈독을 들였다. 그러고는 아무 할 일 없어 보이는 여관 주인 옆에 앉아서 이런저런 이야기를 나누기 시작했다. 그렇게 두 사람은 한동안 이야기를 나누었다. 그러다 갑자기 도둑은 하품을 하고는 늑대 울음소리를 냈다. 여관 주인은 걱정이 되어 도둑에게 어디 아픈 곳이 있느냐고 물었다. 그러자 도둑은 이렇게 대답했다.

"무슨 일인지는 차차 말씀드리지요. 하지만 먼저 제 옷부터 좀 잘 간수해 주세요. 당신에게 드려야 할지도 몰라서 말입니다. 왜 저도 이렇게 발작하듯 하품을 하게 되었는지는 잘 모르겠습니다. 어쩌면 과거에 저지른 잘못 때문에 벌을 받고 있는 건지도 모르지요. 하지만 이유야 어찌 되었든, 저는 이렇게 세 번 하품을 한 다음에는 꼭 잔인한 늑대로 변해서 사람들의 목을 물어뜯는답니다."

하지만 말을 마치기가 무섭게 도둑은 두 번째로 하품을 하며 또 늑대처럼 울었다. 여관 주인은 어리석게도 그의 말을 모두 믿고 말았다.

그래서 혹 늑대와 마주치게 될까 봐 급히 자리에서 일어나 여관으로 들어가려 했다. 하지만 도둑은 그의 겉옷 자락을 잡고서 이렇게 애원했다.

"제발요, 나리, 여기서 제 옷 좀 돌봐 주십시오. 아니면 저도 모르게 갈기갈기 찢어 버려서 못 쓰게 된단 말입니다."

말을 마치기 무섭게 도둑은 세 번째로 하품하려는 시늉을 했다. 그것을 본 여관 주인은 늑대에게 잡아먹힐까 겁이 나 미칠 듯한 두려움에 사로잡혔다. 그래서 자기 겉옷에서 몸만 빼서는 여관 안에 들어가 문을 잠갔다. 그렇게 비싼 겉옷은 도둑의 손에 남았고, 도둑은 전리품을 가지고 조용히 사라졌다.

이야기를 액면 그대로 믿지 마라.

61
헤라클레스와 아테나 여신

옛날에 헤라클레스가 좁은 길을 걷다가 사과처럼 생긴 무언가를 발견했다. 그러다 잘못해서 그 '사과'를 밟고 말았다. 그런데 놀랍게도, 이 '사과'는 으깨지기는커녕 크기가 두 배로 불어났다. 헤라클레스가 자신의 곤봉으로 아무리 치고 또 쳐도 소용없었다. 그것은 오히려 길을 막을 정도로 커져 버렸다.

결국 헤라클레스는 놀라서 곤봉을 떨어트리고는 막막하게 '사과'를 바라보았다. 바로 그때 아테네 여신이 나타나 그에게 말했다.

"형제여, 이것은 이대로 두시게. 그대의 눈앞에 있는 이것은 불화의 사과라네. 건드리지만 않으면 처음처럼 조그맣게 남아 있을 뿐이지. 하지만 폭력을 쓰는 순간 이 사과는 지금처럼 부풀어 올라 버린다네."

싸움은 곧 큰 피해를 가져온다.

62
왕을 원한 개구리들

개구리들이 자유롭게 사는 데 지쳐 버리고 말았다. 그들은 너무나 자유롭게 산 나머시 방종에 물들어 한곳에 틀어박혀서는 지루하다고 울기만 했다. 개구리들은 화려한 같은 모습으로 자신들을 즐겁게 해 주는 동시에, 자신들이 지배받고 있다고 느끼게 해 줄 만한 정부를 바라고 있었다. 있는 듯 없는 듯한 정부는 안 된다고 그들은 외쳤다. 그러면서 개구리들은 제우스에게 왕을 내려 달라고 간청했다.

제우스는 이들이 단순한 것을 넘어 멍청하다고 생각했다. 하지만 그냥 무시하기에 개구리들의 울음소리가 너무도 시끄러웠다. 그래서

그는 왕 대신 커다란 통나무를 던졌고, 하늘에서 떨어진 통나무는 커다란 물보라를 일으키며 연못에 나타났다. 개구리들은 그 모습에 새로운 왕이 무서운 거인일 것이라 지레짐작하며 갈대와 풀숲 사이로 숨었다. 하지만 곧 '통나무 폐하'가 아주 성격 좋은 평화주의자임을 알게 되었다. 얼마 지나지 않아 어린 개구리들은 통나무 폐하를 다이빙대 삼아 놀기 시작했고, 어른 개구리들은 통나무 폐하를 만남의 광장으로 삼아 제우스에게 자신들의 정부가 얼마나 무능한지 알아 달라고 불평했다.

결국 신들의 지배자, 제우스는 개구리들에게 한 수 가르침을 주기로 작정하고 두루미를 개구리 왕국의 왕으로 삼았다. 두루미는 통나무 폐하와는 전혀 다른 왕이었다.

그는 여기저기에서 개구리들을 마구잡이로 잡아먹기 시작했다. 곧 개구리들은 자신들이 얼마나 바보 같았는지를 깨닫고는 비통한 울음소리로 제우스에게 자기들이 전부 죽기 전에 잔인한 폭군인 두루미를 없애 달라고 사정했다. 하지만 제우스는 오히려 이렇게 외쳤다.

"뭐라고! 아직도 만족하지 못했나? 원하는 것은 이미 내려 주지 않았나? 그러니 그 불운은 전부 네놈들 탓이다."

변화를 원하기 전에, 그 변화가 좋은 영향을 줄지를 생각하라.

63

까마귀와 뱀

배고픈 까마귀가 양지바른 곳에서 잠자고 있던 뱀 한 마리를 발견했다. 까마귀는 발로 조심스럽게 뱀을 잡아서는 방해받지 않고 식사를 할 만한 곳으로 날아가려 했다. 하지만 그 바람에 깨어난 뱀이 머리를 쳐들고 까마귀를 물었다. 더구나 뱀은 독을 품고 있었기에 한 번 물리면 죽을 수밖에 없었다. 결국 그렇게 죽게 된 까마귀는 이런 말을 남겼다.

"나도 참 운이 없구나! 운 좋게도 먹잇감을 찾았나 했더니, 결국 그것 때문에 이렇게 죽어 가는구나!"

이해할 수 없는 것을 원하거든 그 결과도 받아들여라.

64
독수리와 여우

독수리와 여우는 친구가 되었다. 둘은 서로의 사는 모습을 더 많이 볼수록 더 친한 친구가 될 수 있을 것이라고 생각하고는 서로 가까운 곳에 살기로 했다. 그래서 독수리가 높은 나무 하나를 골라 그 꼭대기에 둥지를 만들었고, 여우는 그 나무 밑동의 덤불에 자리를 잡고는 새끼 몇 마리를 낳았다.

그러던 어느 날, 여우가 먹이를 찾으러 나간 사이에 독수리가 덤불로 내려와서는 여우의 새끼 몇 마리를 잡아가서 자신과 새끼들의 먹이로 삼고 말았다.

사냥에서 돌아온 여우는 무슨 일이 일어났는지를 알고는, 새끼들을 잃어버린 슬픔보다 배신자 독수리에게 복수할 방법이 없다는 분노에 떨어야만 했다. 그저 멀지 않은 곳에 앉아 독수리를 저주할 수밖에 없었다.

하지만 여우의 소원은 오래지 않아 이루어졌다. 근처 마을에 살던 사람들이 신전에 염소를 바칠 때, 독수리가 그곳으로 날아가서는 불씨가 꺼지지 않은 염소의 살점을 가지고 돌아 왔기 때문이었다. 마침 그날 바람이 유독 센 탓에 염소의 살점에 남아 있던 불씨는 금방 독수리의 둥지에 옮겨 붙어 큰 불이 되었다.

결국 독수리의 새끼는 반쯤 불에 타서 땅으로 떨어졌고, 여우는 독수리의 눈앞에서 새끼들을 먹어 치워 버렸다.

잘못된 신념은 인간의 처벌을 피할 수 있을지는 몰라도

신의 처벌을 피할 수는 없다.

65
여우와 나무딸기

덤불숲을 헤치고 앞으로 나아가던 여우가 발을 헛디뎠다. 여우는 떨어지지 않으려고 나무딸기 가지를 붙잡았고, 당연히 그의 몸은 상처투성이가 되었다. 화가 난 여우는 나무딸기에게 항의했다.

"도움을 달라고 했더니, 이게 뭐야! 차라리 그냥 떨어져 버릴 걸 그랬나 봐."

하지만 나무딸기는 그의 말을 가로막으며 이렇게 대답했다.

"친구, 나를 붙잡을 생각을 한 걸 보니 확실히 머리가 나빠지긴 했나 봐. 나는 언제나 누군가를 붙잡는데 말이야."

때로는 적의 힘을 빌려야 할 때도 있다.

66
말과 수사슴

옛날에 좋은 초원을 독차지했던 말이 한 마리 살았다. 그러던 어느 날, 초원에 수사슴 한 마리가 찾아와서는 자신의 권리를 주장하는 것도 모자라 초원에서도 가장 좋은 자리를 저 혼자 차지해 버렸다. 말은 불청객에게 복수하기 위해 인간을 찾아가서 수사슴을 쫓아낼 수 있도록 힘을 빌려 달라고 했다. 그의 말에 인간은 이렇게 대답했다.

"물론이지. 당연히 도와줄게. 하지만 그 전에 입에 이 재갈을 물고 등에 안장을 얹게 해 줘. 그래야만 내가 널 제대로 도와줄 수 있거든."

말은 인간의 부탁을 들어주었다. 그리고 인간과 함께 손쉽게 수사슴을 초원에서 몰아낼 수 있었다. 하지만 모든 일이 끝나자, 말은 자신이 인간의 하인이 되어 버렸다는 것을 깨닫고는 크게 실망했다.

남을 해치고자 하는 자는 결국 스스로를 해친다.

67

도둑들과 수탉

도둑 몇 명이 어떤 집에 숨어들었다. 하지만 이 집에는 수탉 한 마리 빼고는 훔칠 만한 것이 하나도 없었다. 그래서 도둑들은 수탉을 훔쳐서 달아났다.

저녁때가 되자, 도둑 중 한 명이 수탉을 잡아 목을 비틀려 했다. 수탉은 겁에 질려 말했다.

"부디 저를 죽이지 마세요. 알고 보면 저도 쓸모가 많아요. 정직한 사람들이 일을 할 수 있도록 매일 아침 제 울음소리로 그들을 깨운답니다."

하지만 도둑은 수탉을 비웃으며 이렇게 말했다.

"그래. 잘 알지. 덕분에 우리가 가축 한 마리 제대로 못 훔쳤거든. 잔말 말고 솥 안으로 들어가!"

미덕을 지키는 이들은 사악한 뜻을 지닌 자들의 미움을 산다.

68
양치기와 늑대

양치기가 들판에 버려진 새끼 늑대 한 마리를 발견했다. 양치기는 새끼 늑대를 데려다 자신의 개들과 함께 키우기 시작했다. 이 늑대는 다 자란 뒤 양치기 개들과 함께 양을 훔쳐 간 다른 늑대를 쫓곤 했다. 그러다가 가끔 개들도 양을 훔쳐간 늑대를 쫓다가 지쳐서는 집으로 돌아갈 때가 있었다. 그럴 때면 늑대는 저 혼자 양을 훔쳐 간 늑대를 쫓아가서 그가 잡은 양을 함께 먹은 다음 양치기에게 돌아오곤 했다.

그런데 한동안 늑대가 양을 잡아먹으러 오지 않게 되자, 늑대는 자신이 양을 잡아서 개들과 나눠 먹기 시작했다. 양치기는 늑대를 의심하기 시작했고, 결국 어느 날 늑대가 양을 잡는 것을 목격하고야 말았다. 양치기는 늑대의 목에 밧줄을 걸고 가까운 나무에 매달아 버렸다.

뿌리 깊은 본성은 결국 언젠가 겉으로 드러나기 마련이다.

69
정원사와 개

어떤 정원사의 개가 정원에 심은 식물에게 줄 물을 길어 올리던 깊은 우물에 빠졌다. 정원사는 양동이에 줄을 매어 개를 구하려 했지만 소용이 없었다. 결국 그는 자신이 직접 우물에 내려가 개를 구하기로 했다.

그런데 그 모습을 본 개는 주인이 자신을 물에 빠트려 죽이려 한다고 생각했다. 그래서 주인이 가까이 오자마자 그를 물어서 깊이 상처를 입혔다. 화가 난 정원사는 개를 그대로 버려두고는 우물 밖으로 빠져나가며 이렇게 말했다.

"알아서 죽으려는 녀석을 구하려니 이렇게 된 게지, 뭘."

어리석은 자에게는 아무리 좋은 일도 소용없다.

70
새 사냥꾼과 종달새

새 사냥꾼이 조그만 새를 잡으려고 그물을 치고 있었다. 그 광경을 본 종달새 한 마리가 그에게 다가와 무엇을 하고 있는지 물었다.

"도시를 세우려고 하지."

새 사냥꾼은 이렇게 대답하고는 몸을 숨겼다. 종달새는 호기심에 가득 차 그물을 자세히 살펴보았다. 그러고는 미끼를 보자마자 자기가 먹으려고 달려들었다가 그만, 그물에 걸리는 신세가 되고 말았다. 새 사냥꾼은 바로 은신처에서 나와 종달새를 잡았다. 종달새는 후회에 가득 차 이렇게 말했다.

"나도 참 어리석었어! 그나마 이렇게 멍청한 새들만 잡아다 도시를 세운다면 시간이 오래 걸리겠다는 점이 다행이랄까."

잘 속는 자를 속이고자 하는 것은 전혀 영광스럽지 못하다.

71

사냥꾼과 나무꾼

사냥꾼 한 사람이 숲 속에서 사자의 발자국을 뒤쫓다가 나무를 베던 나무꾼 한 사람을 발견했다. 사냥꾼은 그에게 근처에서 사자의 발자국이나 사자 굴을 본 적이 없느냐고 물어보았다. 그러자 나무꾼이 대답했다.

"저를 따라오시면 사자를 실물로 보여 드리지요."

그의 말에 사냥꾼은 두려움으로 얼굴이 창백해져 이를 덜덜 떨며 이렇게 대답했다.

"아, 저기, 저는 진짜 사자 말고 사자의 발자국을 찾고 있었는데요."

진정한 영웅은 말뿐만 아니라 행동까지 용맹하다.

72
남매

어떤 사람이 아들과 딸을 하나씩 두었는데, 아들은 잘생긴 반면 딸은 평범했다. 어느 날, 아이들은 엄마의 방에서 함께 놀다가 거울에 비친 자신의 모습을 처음으로 보게 되었다. 아들은 자신이 참으로 잘생겼다는 것을 알고는 외모를 자랑하기 시작했다. 하지만 거울에 비친 자신의 모습을 본 딸은 자기가 전혀 예쁘지 않다는 것을 알고는 크게 실망한 나머지 울먹이기 시작했다. 거기에 오빠까지 그런 말을 해 대니 놀림이라도 받는 것 같았다.

딸은 아버지에게로 달려가 오빠가 한 말을 전부 일러바쳤다. 오빠가 멋대로 엄마의 물건을 가지고 논다며 고자질까지 했다. 그 말을 듣고 두 아이의 아버지는 웃으면서 아이들에게 키스해 주고는 이렇게 말했다.

"얘들아, 아무래도 거울 쓰는 법부터 배워야겠구나. 아들아, 너는 네 외모만큼이나 좋은 사람이 되기 위해 항상 애써야 한다. 그리고 딸아, 너는 평범한 외모를 뛰어넘는 다정한 성품을 갖출 수 있도록 애써야 할 게야."

내면의 아름다움은 외면의 아름다움보다 귀하다.

73
헤라클레스와 부(富)의 신 플루투스

헤라클레스가 막 신의 자리에 올라 제우스가 주최한 만찬에 초대받았을 때의 일이다. 그는 모든 신의 환영 인사에 예의 바르게 납했지만, 플루투스가 다가오는 것을 보고는 눈을 아래로 내리깔고서 그를 못 본 척하며 다른 곳으로 가 버렸다.

헤라클레스의 태도에 놀란 제우스는 다른 신들에게는 그렇게 예의 바르게 처신하면서 왜 플루투스에게만 버릇없이 굴었는지 물었다. 그러자 헤라클레스가 대답했다.

"제우스여, 그 이유를 말씀드리겠습니다. 제가 아직 지상에 있을 적에, 저 플루투스가 항상 악한들과 함께 있는 것을 본 것이 한두 번이 아니기 때문입니다."

운이 좋아 부자가 되었어도 성질이 사악해서는 안 된다.

74
마녀

한 마녀가 자신만이 알고 있는 비밀 주문으로 신들의 분노를 가라앉힐 수 있다고 주장했다. 얼마 지나지 않아 그녀는 그 주문을 팔아 큰돈을 벌었다.

하지만 몇몇 사람이 그녀가 흑마술을 쓴다며 재판장에게 고소했고, 악마와 소통한 죄를 물어 사형에 처해야 한다고 주장했다. 결국 그녀는 유죄 판결을 받고 사형당하게 되었다. 그렇게 마녀가 사형당하던 날, 사형대에 발을 디딘 그녀에게 재판관들 중 한 명이 이렇게 말했다.

"정말로 신들의 분노를 가라앉힐 수 있다면 왜 인간의 증오는 가라앉히지 못했지?"

굉장한 것을 약속하지만 평범한 일도 할 줄 모른다면 문제다.

75
환자와 의사

어떤 환자에게 의사가 왕진을 가서 몸이 어떤지 물어보았다. 환자는 이렇게 대답했다.

"그럭저럭 괜찮습니다. 그런데 땀이 엄청나게 흐르네요."

그 말을 듣고 의사는 이렇게 대답했다.

"아, 괜찮은 징조입니다."

다음 날이 되어 다시 왕진을 온 의사는 어제의 질문을 되풀이했다. 그에게 환자는 이렇게 대답했다.

"평소랑 거의 비슷한 것 같기는 한데, 온몸이 부들부들 떨리고 오한도 느껴져요."

그 말을 듣고서 의사는 또 이렇게 대답했다.

"아, 그것도 괜찮은 징조입니다."

셋째 날 의사가 다시 왕진을 와서 이전의 질문을 되풀이하자, 환자는 엄청난 열 때문에 고생스럽다고 대답했다. 그럼에도 의사는 "아, 아주 좋은 징조입니다. 몸조리도 잘 하고 계시군요."라고 대답할 뿐이었다.

하지만 그 후에 환자의 친구가 문병을 와서 같은 질문을 하자, 환자는 이렇게 대답했다.

"여보게 친구, 그놈의 좋은 징조 때문에 이젠 죽을 것 같다네."

임종 직전의 아침이야말로 최악의 배신이다.

76
노인과 죽음

노인이 숲 속에서 장작 한 묶음을 베어 집으로 돌아오던 길이었다. 집으로 가는 길이 너무도 멀어 노인은 반절도 못 가서 지쳐 쓰러졌다. 그는 장작더미를 땅바닥에 내동댕이치고는, 죽음의 신을 불러 자신을 고난에 찬 삶에서 해방시켜 달라고 했다.

그런데 노인이 말을 마치기도 전에 죽음이 나타나서는 언제든 그를 데려갈 수 있다고 말했다. 노인은 두려움에 거의 말문이 막힐 뻔했지만, 그 정도의 부탁을 할 정신은 있었다.

"친절하신 죽음의 신이여, 이왕 오신 김에 나와 함께 이 장작더미나 좀 들어 주시겠소?"

소원을 빌 때는 신중해야 한다.

77
달님과 어머니

어느 날 달님이 어머니에게 예쁜 옷 한 벌을 만들어 달라고 졸랐다. 그러자 어머니는 이렇게 말했다.

"그건 안 되겠다. 어떻게 네 몸매에 꼭 맞는 옷을 만드니? 너는 초승달이 되었다가 보름달이 되었다가 오락가락하잖니. 매일 변덕이 죽 끓듯 해서 말이야."

목적을 이루려거든 하나의 뜻을 온전히 쏟아라.

78
건달에게 내린 신탁

건달이 스스로 델포이 신전의 신탁은 믿을 만하지 않다는 것을 증명해 보이겠다며 내기를 걸었다. 자신의 질문에 신탁이 틀린 대답을 하도록 만들겠다는 것이었다. 그래서 약속한 날, 건달은 작은 새 한 마리를 손에 쥐고서 그 손은 자신의 망토 밑에 잘 숨겼다. 그러고는 신전으로 나아가 자신의 손에 든 것이 살았는지 죽었는지를 물었다.

이 질문에 신탁이 "죽었다."고 대답한다면 손안의 새를 살려 두고, 신탁이 "살아 있다."고 대답한다면 새의 목을 비틀어 죽인 뒤 그 시체를 내놓을 생각이었다. 하지만 신탁은 건달 혼자서 감당하기에는 상당히 벅찬 것이었다. 왜냐하면 그의 물음에 대해 신탁이 이렇게 대답했기 때문이다.

"낯선 이여, 그대의 손안에 있는 것을 살리고 죽이는 것은 온전히 그대의 의지에 달려 있도다."

중요한 것은 의지다.

79
수염 난 암염소들

제우스가 암염소들의 부탁으로 이들에게 수염을 달아 주었다. 그 모습을 보며 숫염소들은 역겨워했다. 자기들만의 권리와 자존심을 부당하게 빼앗긴 것만 같았다. 그래서 숫염소들은 자기들끼리 대표를 뽑아 제우스의 결정에 항의하기로 했다. 하지만 제우스는 그들의 항의를 받아들이지 않았다. 그러고는 이렇게 말했다.

"그깟 털 몇 가닥이 그렇게 대수인가? 그 정도는 넘어들 가게나. 암염소들은 결코 그대들만큼의 힘은 가질 수 없을 테니."

불리한 처지에 있는 자와 외양이 닮았다 해서 문제될 것은 하나도 없다.

80
늑대와 말

늑대 한 마리가 산책을 하다가 귀리 밭을 발견했다. 귀리 같은 곡식을 먹을 수 없었던 늑대는 밭을 그냥 지나치려 했다. 그러다가 말 한 마리가 다가오는 것을 보고는 그에게 말했다.

"여기 좀 봐. 이렇게 좋은 귀리 밭은 처음 보는군. 자네에게 주려고

이렇게 남겨 놓았지. 자네가 잘 익은 낟알들을 씹는 소리만 들을 수 있다면 정말 기쁘겠네만."

하지만 말은 이렇게 대답했다.

"그렇게 귀리를 좋아하셨다면 내가 귀리를 먹는 소리를 감상하기 전에 자신의 배부터 먼저 채우셨겠지. 안 그래?"

자신에게 쓸모없는 것을 남에게 주는 것은 전혀 미덕이 아니다.

81
교활한 사자

사자 한 마리가 들판에서 풀을 뜯는 살진 황소 한 마리를 발견했다. 눈앞에 있는 맛있는 먹잇감에 사자의 입에서는 침이 넘쳐흘렀다. 하지만 날카로운 뿔 때문에 섣불리 황소를 공격할 수가 없었다. 그래도 배가 고파 어떻게든 수를 써야만 했다. 힘을 쓰는 것만으로 황소를 이길 수 없었기에 사자는 한 가지 계책을 세웠다. 사자는 먼저 황소에게 친한 척 다가가서는 이렇게 말했다.

"정말 당신의 위풍당당한 모습에 감탄을 금할 길이 없군요. 참 멋진 머리예요! 힘 세 보이는 어깨와 허벅지는 또 어떻단 말입니까! 그런데 친구, 어쩌다 그렇게 못 생긴 뿔을 달게 된 겁니까? 분명 예쁘지도 않은 만큼 거추장스럽겠군요. 그 뿔만 빼 버린다면 당신도 더 멋져 보일 텐데 말입니다."

어리석게도 황소는 사자의 아첨에 넘어가서는 자신의 뿔을 잘라 버렸다. 그리고 사자는 유일한 무기를 잃은 황소를 손쉽게 잡아먹었다.

배신을 통해 이익을 얻고자 하는 자를 믿어서는 안 된다.

82
태양 때문에 불평하는 개구리들

옛날 옛적에 하늘에서 빛나는 태양이 짝을 찾으려고 했다. 그러자 개구리들은 겁에 질려 목청껏 하늘을 향해 울었다. 그 소리를 듣고 짜증이 난 제우스는 개구리들에게 무엇 때문에 그렇게 우느냐고 물어보았다. 그러자 개구리들이 대답했다.

"저 태양은 혼자 있을 때에도 우리를 괴롭혔어요. 뜨거운 빛으로 늪을 죄다 말려 버리곤 했지요. 그런데 태양이 결혼해서 아이까지 낳으면 저희는 어떻게 해야 하나요?"

적의 움직임을 잘 살펴라.

83
늑대들과 양 떼와 숫양

늑대들이 양 떼에 사절단을 보냈다. 양몰이 개들만 죽게 만들어 준다면 변치 않는 평화를 이룰 수 있다고 하면서 말이다. 어리석은 양 떼들은 늑대들의 제안에 찬성하려 했다. 하지만 나이가 들면서 지혜도 갖춘 숫양이 그 틈에 끼어들며 이렇게 말했다.

“그대들과 평화롭게 살다니, 당치 않은 소리 마시오. 우리를 지켜 줄 개들이 없다면 우리는 절대 당신네들의 살육으로부터 안전하지 못할 거요!”

어리석은 평화가 피 튀기는 전쟁보다 더욱 파괴적이다.

84
황소와 송아지

어느 날 다 자란 황소 한 마리가 큰 몸집으로 외양간의 좁은 입구로 들어가려 애쓰고 있었다. 그 모습을 본 어린 송아지 한 마리가 그에게로 다가와 물었다.

"잠깐 비켜 주시면 들어오는 길이 어딘지 알려 드릴게요."

그러자 황소가 재미있다는 듯 어린 송아지를 바라보며 이렇게 말했다.

"고맙긴 하다만, 들어가는 길이라면 네가 태어나기 전부터 알고 있었단다."

연장자를 가르치려 들지 말라.

85
여우와 원숭이

여우와 원숭이가 함께 길을 걷다가 누가 더 태생이 고귀한지를 놓고 말싸움을 했다. 이들은 한참 말싸움을 하다가 비석들이 줄줄이 세워져 있는 묘지를 가로질러 가게 되었다. 그러자 갑자기 원숭이가 그 자리에 멈춰 서서는 주위를 돌아보면서 크게 한숨을 쉬었다. 그 모습을 본 여우는 이렇게 말했다.

"갑자기 웬 한숨이야?"

그러자 원숭이는 묘지의 비석들을 가리키며 이렇게 대답했다.

"여기 있는 비석들 말이지, 전부 우리 조상님들 거야. 한때 정말 유명한 분들이셨거든."

원숭이의 말에 여우는 한동안 할 말을 잃었다. 그렇지만 바로 정신을 차리고는 이렇게 받아쳤다.

"아! 할 말 있으면 지금 다 해 봐. 걱정하지 말고. 여기 계신 조상님들 중 누구도 네 진짜 정체를 까발리지 않을 테니까 말이야."

허풍선이의 거짓말은 진위를 따질 수 없을 때 가장 그럴듯하다.

86
박쥐와 나무딸기와 갈매기

박쥐와 나무딸기와 갈매기가 함께 장사를 하러 여행을 떠나기로 약속했다. 박쥐는 사업을 위해 돈을 빌렸고, 나무딸기는 다양한 종류의 옷감들을 마련했으며, 갈매기는 약간의 납(鑞)을 마련했다. 그렇게 셋은 여행을 떠났다.

하지만 이들이 탄 배는 커다란 폭풍에 휘말려 모든 화물을 실은 채 깊은 바다 속으로 가라앉아 버렸고, 세 친구들만 간신히 살아서 땅에 도착했다.

그 뒤로 갈매기는 자신이 잃어버린 납을 찾아 바다 여기저기를 날아다니면서 가끔 바다 속으로 들어가게 되었고, 박쥐는 자신에게 돈을 빌려 주었던 채무자들과 마주칠까 두려워 낮에는 어딘가에 숨어 있다가 밤에만 밖을 돌아다니게 되었으며, 나무딸기는 자신이 잃어버린 옷감을 찾을까 하는 희망에 그 옆을 지나가는 사람들의 옷깃을 붙잡게 된 것이다.

모든 사람은 자신에게 부족한 점을 채우기보다

잃어버린 것을 찾는 데 더 신경을 쓴다.

87
농부와 당나귀와 황소

어떤 농부가 당나귀와 황소에게 멍에를 씌워 밭을 쟁기질하게 했다. 쟁기질을 하는 데 별로 좋은 조합은 아니었지만, 황소가 한 마리뿐이었기에 농부에게도 선택의 여지가 없었다. 그렇게 날이 저물었다. 일을 마친 당나귀와 황소도 멍에에서 풀려났다. 그러자 당나귀가 황소에게 이렇게 물었다.

"오늘은 우리 둘 다 참 힘들게 일했어. 그럼 누가 주인님을 태우고 가야 할까?"

그 말을 듣고 황소는 놀란 듯 대답했다.

"무슨 소리야? 당연히 네가 모시고 가야지. 언제나처럼!"

잠깐 다른 일을 했어도 본연의 일을 잊지 마라.

88
데마데스가 들려주는 우화

웅변가인 데마데스가 아테네의 의회에서 연설을 하고 있었다. 하지만 청중들 중 누구도 그가 하는 말에 별 관심을 기울이지 않았다. 결국 그는 하던 연설을 멈추고 이렇게 말했다.

"여러분, 그럼 이쯤에서 이솝의 우화 한 꼭지를 들려드릴까 합니다."

그러자 모든 청중은 귀를 기울였다. 데마데스는 이야기를 시작했다.

"데메테르라는 이름의 제비와 어떤 뱀장어가 함께 여행을 다니고 있었습니다. 그러다가 둘은 돌다리가 없는 강을 만났지요. 제비는 날아서 강을 건너갔고, 뱀장어는 헤엄쳐서 강을 건너갔습니다."

이쯤에서 데마데스는 갑자기 이야기를 멈추었다. 그러자 청중 몇 명이 이렇게 외쳤다.

"제비 데메테르는 그래서 어떻게 되었소?"

그들의 말에 데마데스는 대답했다.

"제비 데메테르는, 공공사업에 신경 써야 할 시간에 우화에나 귀를 기울이는 여러분께 대단히 화가 났다고 하네요."

중요한 일은 소홀히 하고 재미난 일만 좋아해서는 안 된다.

89

피리 부는 어부

플루트를 불 줄 아는 어부 한 사람이 살고 있었다. 어느 날 어부는 그물과 플루트를 가지고 해변으로 나갔다. 그는 해변으로부터 튀어나온 바위에 자리를 잡고는 플루트를 연주하기 시작했다. 물고기들이 음악을 듣고 신바람이 나서 바다에서 팔딱팔딱 뛰어 오를 것이라고 생각한 것이다.

하지만 아무리 음악을 연주해도 물고기는 한 마리도 보이지 않았다. 결국 그는 플루트를 치우고 그물을 바다에 던졌다. 그리고 많은 물고기를 낚아 올렸다. 그물에 걸린 물고기들은 땅 위로 올라오자마자 팔딱팔딱 뛰기 시작했다. 그 모습을 보고 어부는 이렇게 외쳤다.

"요 말썽꾸러기들! 내가 피리를 불 때에는 뛸 생각도 안 하더니, 피리 불기를 멈추니 펄떡이는구나!"

천직에 온 힘을 쏟아라.

Arthur Rackham

90
나이팅게일과 매

나이팅게일이 여느 때처럼 오크나무의 큰 나뭇가지에 앉아 있었다. 배고픈 매는 나이팅게일을 발견하고는 쏜살같이 내려와 날카로운 발톱으로 붙잡았다. 하지만 매가 나이팅게일을 갈가리 찢으려고 하는 순간, 나이팅게일은 목숨만 살려 달라고 빌면서 이렇게 말했다.

"매님이 맛있게 드시기에 저는 아직 그렇게 크지 않아요. 그러니까 더 큰 새들을 잡으시는 게 어떨까요?"

하지만 그 말을 듣고 매는 이렇게 대답했다.

"내가 그렇게 아둔해 보였니? 더 나은 것을 찾으리라는 보장이 조금도 없는데, 눈앞에 있는 먹잇감을 포기할 정도로?"

숲 속의 새 두 마리보다 손안의 새 한 마리가 낫다.

91
장미와 아마란스

한 정원에 장미와 아마란스가 나란히 피어 있었다. 어느 날, 아마란스가 옆에 있는 장미에게 말했다.

"너의 아름다운 모습과 향기가 정말 부러워. 그러니까 모두들 너를 좋아하는 거겠지."

하지만 장미는 슬픔이 깃든 목소리로 이렇게 대답했다.

"친구야, 하지만 나는 짧은 시간 동안만 꽃을 피우잖아. 내 꽃잎은 결국 시들어서 떨어지고, 나도 결국에는 죽어. 하지만 너 아마란스는 영원히 살잖아. 너의 꽃은 잘린 뒤에도 결코 시드는 법이 없고."

자신의 운명을 겸허히 받아들여라.

92
농부와 늑대

밭을 갈던 농부가 황소의 등에 매여 있던 쟁기를 잠깐 풀어 주고는 황소들을 물가로 데려가 목을 축이게 했다. 그런데 그가 잠시 자리를 비운 사이 반쯤 굶주린 늑대가 나타나서는 황소의 몸을 묶은 멍에의 가죽 끈을 씹어 끊으려 했다.

하지만 주린 배를 채우려는 헛된 희망에 줄을 씹어 대던 늑대는, 어쩌다 보니 가죽끈에 몸이 얽히고 말았다. 덜컥 겁이 난 늑대는 어떻게든 줄을 풀어 보려 안간힘을 썼다.

그런데 가죽끈을 당기는 모양새가 어쩐지 쟁기를 끄는 모양새와도 비슷해 보였다. 그때 마침 돌아온 농부는 그 모양새를 보고는 이렇게 말했다.

"예끼, 이 녀석아. 도둑질은 그만두고 그렇게 정직하게 일을 해서 먹고살았으면 얼마나 좋았니."

사악한 인간은 아무리 좋은 일을 했다고 자랑해도 불신을 사게 된다.

93
새 사냥꾼과 자고새

새 사냥꾼이 그물로 자고새 한 마리를 잡았다. 그런데 사냥꾼이 목을 비틀려는 순간, 자고새는 자신을 살려 달라고 하면서 말했다.

"부디 절 살려 주세요. 그러면 당신께 보답하는 의미로 저 그물 안으로 다른 자고새들을 불러 모을게요."

그 말을 듣고 새 사냥꾼은 이렇게 대답했다.

"싫어. 어쨌거나 죽일 생각이긴 했다만, 제 동족들을 배신하는 그 한 마디 때문에라도 넌 기필코 죽어야겠어."

친구를 희생하여 제 목숨을 구하려는 이에게 자비를 베풀 필요는 없다.

94
새 사냥꾼과 자고새와 수탉

어느 날 새 사냥꾼이 채소와 빵만으로 간소하게 저녁을 먹으려 하는데 친구가 예고도 없이 찾아왔다. 하지만 저장해 둔 음식이 아무것도 없었기에 새 사냥꾼은 바람잡이로 삼았던 잘 길들여진 자고새를 잡으려고 했다.

그런데 그가 목을 비틀려는 바로 그 순간 자고새는 울며 이렇게 말했다.

"정말로 절 죽이실 건가요? 제가 없으면 다음번 새 사냥은 어떻게 하실 건가요? 누가 주인님의 그물에 새들을 몰아다 주죠?"

그 말을 들은 새 사냥꾼은 자고새를 놓아주고는 닭장으로 가서 살진 어린 수탉을 잡기로 했다.

새 사냥꾼의 목적을 안 수탉도 자신을 살려 달라고 빌었다. 그러면서 이렇게 말했다.

"지금 저를 죽이시면 밤 시간은 어떻게 알려고 하세요? 누가 주인님을 깨우고 일하실 시간이 되었다고 알려 줄 수 있을까요?"

하지만 새 사냥꾼은 이렇게 대답하고는 수탉을 잡아 그 목을 비틀었다.

"물론 너는 시간을 참 잘 알려 주지. 하지만 말이야, 그렇다고 내 친구에게 저녁 한 끼 못 먹이는 것도 영 껄끄러워서 말이야."

필요 앞에는 법도 소용없다.

95
양과 늑대와 수사슴

어느 날 수사슴 한 마리가 양에게 다가와 밀을 조금 꾸어 달라고 부탁했다. 하지만 양은 달리기를 잘 하는 수사슴이 도망가 버릴까 걱정했다. 그래서 그 대신 보증을 서 줄 동물이 있느냐고 물어보았다. 그러자 수사슴은 자신 있게 대답했다.

"물론 있지. 늑대가 보증을 서 주겠다고 약속했어!"

그 말을 듣고 양은 화가 나서 소리쳤다.

"늑대라고! 설마 날더러 그런 놈의 보증을 믿으라는 거야? 난 늑대가 어떤 놈인지 잘 알아. 원하는 것이 있으면 값도 치르지 않고 훔쳐 달아나는 놈이라고. 거기에 너로 말할 것 같으면, 그 뜀박질 잘 하는 다리로 도망치면 붙잡기도 힘들 거 아냐? 그러니까 절대 안 돼!"

시커먼 것들이 모이면 시커먼 것일 뿐이다.

96
매와 솔개와 비둘기들

같은 비둘기장 안에 살던 비둘기들이 이따금씩 그들을 잡아가던 솔개에게 쫓기게 되었다. 참다못한 비둘기들은 자신들의 비둘기장에 매를 초대하여 솔개로부터 자신들을 지켜 달라고 부탁했다.

하지만 비둘기들은 그 결정을 곧 후회하게 되었다. 한 해 동안 솔개에게 죽은 것보다 더 많은 수의 비둘기들을, 매가 단 하루 만에 죽였기 때문이었다.

질병보다 나쁜 치료법을 피하라.

97
제비와 까마귀

어느 날, 제비가 까마귀에게 자신의 태생에 대해 떠벌리기 시작했다.

"나도 한때는 공주님이었지. 저 아테네 왕의 딸이었다고. 그런데 남편에게 학대를 받게 되었지 뭐야. 사소한 잘못 때문에 내 혀를 잘라버리더라고. 결국 헤라님께서 나를 보호하시려고 새의 모습으로 바꿔주셨어."

그 말을 듣던 까마귀는 이렇게 말했다.

"그만. 그 정도면 충분해. 네 혀가 제대로 붙어 있었더라면 어땠을지, 상상만 해도 끔찍해."

좋은 시절의 친구는 가치가 크지 않다.

98
사냥개와 여우

사냥개 한 마리가 숲 속을 돌아다니다가 사자 한 마리를 발견했다. 그보다 작은 사냥감을 쫓은 적 밖에 없었던 사냥개는 사자를 뒤쫓았다. 사자라면 좋은 사냥감이 될 것 같았다.

하지만 사자도 곧 누군가가 자신을 쫓고 있다는 것을 알아채고는 얼마 가지 않아 멈춰 서서는 사냥개를 향해 큰 소리로 포효했다. 그 엄청난 소리에 사냥개는 바로 꼬리를 말고 도망갈 수밖에 없었다. 그리고 멀리서 사냥개가 도망가는 모습을 보던 여우는 그를 놀리며 이렇게 말했다.

“이런! 저기 멋모르고 사자를 쫓다가 포효 소리 한 번에 도망가는 겁쟁이 나가신다!”

대처할 능력도 없이 막무가내로 덤비지 마라.

99
생쥐와 족제비

생쥐와 족제비는 언제나 싸움을 벌였는데, 매번 싸울 때마다 승리한 족제비들은 많은 수의 생쥐를 데려와 다음 날 만찬으로 삼았다. 계속 패배하자 절망에 빠진 생쥐들은 회의를 열었고, 자신들이 매번 지는 것은 지휘관이 없기 때문이라고 결론지었다. 그래서 가장 뛰어난 생쥐들 가운데서 많은 수의 장군과 지휘관을 임명했다. 이렇게 임명된 새 지휘관들은 스스로를 병사들과 구분 짓기 위해 머리에 커다란 문장을 달고 깃털이나 볏짚으로 장식을 했다. 그러고는 생쥐 병사들을 오랫동안 싸움에 단련시킨 뒤, 족제비에게 도전장을 보냈다.

족제비들은 기꺼이 도전을 받아들였다. 맛있는 식사가 눈앞에 있으면 언제든 싸우는 게 족제비들이었기 때문이다. 그들은 바로 많은 수의 생쥐 군대를 공격했다. 생쥐들의 전열(戰列)은 바로 무너졌고, 생쥐 군대도 숨을 곳을 찾아 여기저기로 도망쳤다. 하지만 병사들이 쉽게 쥐구멍으로 숨어들 때, 지휘관들은 머리 장식 때문에 쥐구멍으로 들어갈 수 없었다. 결국 그들은 모두 배고픈 족제비들에게 잡히고 말았다.

위대함에는 언제나 약점이 있다.

100
사자와 각다귀

사자 한 마리가 그의 머리 주변을 왱왱거리며 도는 각다귀에게 화가 나서 말했다.

"저리 비켜라, 이 몹쓸 벌레 같으니라고!"

하지만 각다귀는 콧방귀도 뀌지 않고 말했다.

"당신이 왕이라고 불린다고 내가 겁낼 것 같아?"

그러고는 사자의 콧잔등을 물고는 잽싸게 달아났다. 화가 머리끝까지 난 사자는 각다귀를 세게 후려치려 했지만 오히려 발톱으로 자기 얼굴을 긁고 말았다. 각다귀는 마치 놀리기라도 하듯 사자를 연달아 물어 댔고, 사자는 끔찍한 고통에 으르렁거렸다. 마침내 자기 발톱과 손톱에 넝마가 된 사자는 화를 내는 데도 지쳐서 싸움을 포기해 버렸다.

각다귀는 자신의 승리를 온 세상에 알리려고 시끄럽게 윙윙대며 날아다녔다. 하지만 곧 거미줄에 걸리고 말았다. 그렇게 맹수의 왕 사자를 굴복시켰던 각다귀는 조그만 거미의 먹이가 되었다.

전혀 적수가 되지 못할 만한 것을 가장 두려워해야 한다.

조그만 성공에 자만하여 긴장을 늦추어서는 안 된다.

101
늑대와 양치기

늑대 한 마리가 양치기의 오두막을 어슬렁거리다 양치기가 가족들과 함께 구운 양을 먹는 광경을 보았다. 그러고는 이렇게 중얼거렸다.

"거 참! 저 사람들, 내가 저렇게 양을 먹는 걸 봤으면 소리를 지르며 길길이 날뛰었을 텐데!"

자신이 거리낌 없이 하는 일을 남들이 하면 사람들은 욕을 하곤 한다.

102

사냥꾼과 말 탄 사람

사냥꾼이 토끼 한 마리를 잡아서 집으로 돌아가는 길에 말을 탄 사람과 마주쳤다.

"나리, 참 실한 사냥감을 잡으셨습니다그려."

말 탄 사람은 이렇게 말하면서 토끼를 사겠다고 덧붙였다. 사냥꾼은 바로 토끼를 그에게 내주었다.

그런데 말 탄 사람이 토끼를 손에 쥐자마자 재빨리 말을 몰아 도망쳐 버렸다. 사냥꾼은 얼마쯤 그를 쫓아가다가 자신이 속았다는 것을 깨닫고는 그 자리에 멈춰 섰다. 그러고는 체면치레라도 하려는 양 큰 소리로 그를 불러서는 이렇게 말했다.

"좋습니다, 나리, 좋다고요. 그 토끼는 가져가쇼. 어차피 선물로 드릴 생각이었으니!"

어리석은 자는 어리석은 행동에 대해 변명부터 한다.

103
미움 받은 배

어느 날 몸의 다른 부분들이 배에게 화를 내며 이렇게 말했다.

"너는 사치 속에서 게으름만 피우고 일은 전혀 안 해. 우리는 이렇게 일이란 일은 다 하면서 살지만 사실 네 노예나 다름없는 처지야. 네가 원하는 것은 전부 들어줘야 하잖아. 하지만 더 이상은 아니야. 앞으로는 너 혼자 움직이든지 말든지 마음대로 하라고."

그 말과 함께 몸의 다른 부분들은 정말로 일을 그만두었다. 배는 하염없이 굶을 수밖에 없었다. 결과는 모두 예상하듯, 일을 하지 않기로 한 몸의 다른 부분들도 점점 힘을 잃으며 하나둘 쓰러져 갔다. 그리고 자신들이 얼마나 어리석었는지를 깨달았다.

지도사를 건전하고 정당하게 돕지 않는 자는 배신자와 같다.

104
벼룩과 한 남자

어느 날 벼룩 한 마리가 사람을 물고 또 물었다. 결국 사람은 더 참지 못하고 몸 구석구석을 뒤져 벼룩을 잡았다. 너무너무 화가 난 나머지, 사람은 엄지와 검지로 벼룩을 집어 들고 소리치다시피 말했다.

"이런 젠장, 네가 뭔데 내 몸 위를 멋대로 왔다 갔다 하는 거야!"

사람의 목소리에 겁에 질린 벼룩은 모기만한 목소리로 울먹였다.

"나리, 제발, 부탁이니 저 좀 놔주세요. 죽이지 말아 주세요! 전 이

렇게 작잖아요. 저 때문에 큰 상처라도 입으셨나요?"

하지만 사람은 벼룩을 비웃으며 이렇게 대답했다.

"헛소리 하지 마. 지금 당장 죽일 거야. 아무리 조금이라도 손해를 입으면 그 원인을 반드시 없애야 하는 법이거든."

불량배에게 베풀 자비는 없다.

105
신상(神像) 장수

어떤 사람이 나무로 헤르메스 신상을 만들어서 시장으로 가져와 팔기 시작했다. 하지만 신상을 사 가는 사람은 아무도 없었다. 그는 고심한 끝에 신상의 기막힌 효험을 선전해서 손님을 끌어 모으기로 했다. 그는 시장을 이리저리 뛰어다니며 이렇게 외쳤다.

"신상 팝니다. 신상 팔아요! 언제고 행운을 가져다주시는 신상 들여 가세요!"

그 말을 듣고 행인 한 명이 그를 붙잡고 물었다.

"그 신상이 그렇게 효험이 좋으면 왜 혼자 가지고 계시지 않고 남에게 팝니까?"

그 말에 신상 장수는 이렇게 대답했다.

"그게 말이지요, 이 신상이 행운을 가져다주는 데 시간이 좀 걸려서요. 전 지금 당장 돈이 필요한데 말이죠!"

거짓말은 거짓말을 낳는다.

106
할머니와 의사

어느 날 어떤 할머니가 병을 앓다가 그만 눈이 멀고 말았다. 할머니는 의사를 찾아가 진찰을 받았다. 그러고는 의사가 자신의 병을 낫게만 해 준다면 치료비를 후하게 쳐 주겠지만, 낫지 않는다면 치료비를 치르지 않기로 했다.

그 말을 듣고 의사는 할머니를 치료하기 시작했다. 하지만 할머니를 진찰하러 그녀의 집에 찾아갈 때마다 물건을 조금씩 훔쳐갔다. 그래서 의사가 치료를 마무리할 때쯤에는 할머니의 집에는 남은 것이 아무것도 없었다.

할머니는 그 광경을 보고서 의사에게 치료비를 줄 수 없다고 했다. 둘은 말다툼을 벌였고, 결국 의사는 빚을 갚지 않았다는 명목으로 법관에게 할머니를 고소했다. 법정에 서게 된 할머니는 스스로를 변호하면서 이렇게 말했다.

"저 의사가 말한 대로입니다. 그가 제 눈을 고쳐 주면 저는 치료비를 주고, 고치지 못하면 치료비를 주지 않기로 했지요. 저 의사는 제 눈이 나았다고 말하는데, 저는 반대로 제 눈이 더 멀어 버렸다고 하렵니다.

왜냐고요? 눈이 엄청나게 안 좋았을 때만 해도 집 안에 가구붙이 같은 것은 좀 보였는데, 지금 와서 보니 가구 비슷한 것은 눈에 띄지도 않거든요. 이게 어떻게 나아진 겁니까?"

이익만 얻을 수 있다면 못 할 일이 없으니.

107
아낙네와 암탉

어떤 아낙네가 암탉을 한 마리 가지고 있었다. 이 암탉은 매일 알을 한 개씩 낳았는데, 이것을 보고 아낙네는 암탉이 알을 두 개씩 낳게 할 방법은 없을지 고민했다. 결국 그녀는 암탉에게 주는 보리를 두 배로 늘려 보았다. 하지만 그 이후로 암탉은 살이 찔 대로 쪄서는 한 개의 알도 낳지 못하게 되었다.

지나친 탐욕은 실패를 불러올 뿐이다.

108
족제비와 사람

어떤 사람이 그의 집을 들락거리던 족제비를 잡았다. 하지만 족제비는 그가 자신을 물에 넣어 죽이려 하는 것을 알고는 목숨만 살려 달라고 빌면서 말했다.

"설마 진짜로 저를 죽이시려는 건 아니겠죠? 제가 그동안 당신의 집에서 얼마나 많은 쥐들과 도마뱀들을 없애 드렸는지 생각해 보세요. 조금이라도 고마움을 느끼셨다면 절 살려 주셔야 해요."

하지만 사람은 이렇게 말했다.

"네가 아주 쓸모없었던 건 아니지. 하지만 그건 그거고, 지금까지 이 집에서 닭이랑 고기를 훔쳐 먹은 건 또 누구였더라? 안 되지, 안 돼. 너를 살려 두었다가는 훨씬 큰 손해를 보게 될 거야."

상황에 따르는 것이 현명할 때가 있다.

109
군마와 방앗간 주인

한창 때 군사들을 태우고 전장을 누볐던 군마가 있었다. 하지만 그도 어느덧 나이가 들어가고 있었다. 군마는 전장 대신 방앗간에서 일하게 되었다. 더 이상 힘찬 북소리에 맞춰 전장에 나가는 대신 하루 종일 옥수수를 갈면서 노예처럼 일하게 된 것이다. 자신의 가혹한 운명을 슬퍼하던 군마는 어느 날, 자신을 데리고 있는 방앗간 주인에게 이렇게 말했다.

"팔자 참! 나도 한때는 멋진 군마였다오. 화려한 군장도 입어 보았고, 내 곁에는 이것저것 시중을 들던 마부까지 있었지. 지금이랑은 참 달랐어! 이렇게 방앗간에서 썩느니 그냥 전장에 남을 걸 그랬어."

그 말을 듣던 방앗간 주인이 퉁명스레 대답했다.

"지금 와서 후회해 봐야 소용없어. 운이란 게 원래 좋을 때도 있고 나쁠 때도 있는 거지. 그러니까 어떤 운이 오든 그냥 받아들이라고."

운이란 변하는 것이다.

110
당나귀와 늙은 농부

늙은 농부가 풀밭에 앉아 자신의 당나귀가 풀을 뜯어 먹는 모습을 한가로이 보고 있었다. 그러다 갑자기 무장한 군인들이 몸을 숨긴 채 자신에게 천천히 다가오는 것을 보고는 놀라서 펄쩍 뛰며 당나귀에게 빨리 도망가자고 사정했다.

"지금 달아나지 않으면 우리 둘 다 적군에게 잡히고 말 거야!"

하지만 당나귀는 귀찮다는 듯 주위를 슥 돌아보고서 이렇게 물었다.

"잡히면 지금보다 짐이 더 무거워지나요?"

주인은 다급하게 대답했다.

"아니."

그의 말에 당나귀는 이렇게 대답했다.

"그렇다면 저는 잡히든지 말든지 상관없어요. 지금도 충분히 힘든데요, 뭐."

정부가 아무리 바뀐다 한들,

가난한 이에게는 주인이 바뀐 것에 지나지 않는다.

111

말과 당나귀

화려한 재갈을 문 어떤 말 한 마리가 대로에서 당나귀와 마주쳤다. 당나귀는 무거운 짐을 진 채 느릿느릿 움직여서 말에게 길을 터 주었다. 하지만 말은 느려 터진 당나귀의 등을 발로 걷어차고 싶다는 듯 안절부절 못하며 울부짖었다. 당나귀는 최대한 마음을 다잡았지만 말의 무례한 태도도 잊지 않았다. 얼마 지나지 않아 말은 천식에 걸려 농장 주인에게 팔려갔다.

그러던 어느 날, 이번에는 거름 수레를 끌다가 다시 당나귀와 마주쳤다. 그러자 당나귀는 말을 조롱하면서 이렇게 말했다.

"아하! 스스로 이런 꼴을 당할 거라고는 상상도 못 했겠지, 이 자존심만 센 녀석 같으니라고! 그 화려한 재갈은 다 어디 간 거야?"

지금 자비를 베풀지 않았다면 미래의 자비 또한 기대하지 마라.

112
목마른 비둘기

목이 몹시 마른 비둘기 한 마리가 간판 위에 그려진 물 한 잔을 보았다. 하지만 비둘기는 그것이 그림임을 알아보지 못하고는 날개를 크게 퍼덕이며 빠르게 간판을 향해 날아갔고, 너무 빠르게 날아간 나머지 비둘기는 간판에 몸을 부딪혔다. 비둘기의 날개는 부러져 버렸고, 땅 위로 떨어지고 말았다. 그리고 행인 중 한 명에게 붙잡히는 신세가 되었다.

성급한 행동은 길고 긴 후회를 불러온다.

113
도망친 갈까마귀

어떤 사람이 갈까마귀 한 마리를 붙잡아서는 한쪽 다리에 끈을 매고서 자기 아이들에게 애완용으로 선물했다. 하지만 갈까마귀는 사람들과 같이 살고 싶은 마음이 전혀 없었다. 그래서 일단 사람들에게 길들여진 척했다. 그러다 아이들의 감시가 소홀해진 틈을 타 새장을 빠져나와 자신의 옛 은신처로 돌아갔다.

하지만 운이 나쁘게도 그의 다리에 매달려 있던 끈이 나뭇가지에 걸리고 말았다. 아무리 노력해도 갈까마귀는 끈을 풀 수 없었다. 결국 갈까마귀는 모든 게 자기 탓이라고 생각하면서 이렇게 울부짖었다.

"이럴 수가, 자유를 찾으려다 목숨을 잃게 되었구나."

큰 것을 좇다가 더 큰 것을 잃을 수 있다.

114
두 마리의 개구리

두 마리의 개구리가 이웃에 살고 있었다. 그중 한 마리는 물이 풍부해서 개구리들이 좋아하는 습지에 자리를 잡았고, 다른 한 마리는 습지에서 얼마 떨어진 길가에 살았다. 비오는 날 바큇자국에 괸 빗물밖에는 구경할 수 없는 곳이었다. 그래서 습지에 사는 개구리는 길가에 사는 친구에게 위험할지도 모른다고 경고했다. 그리고 자신과 함께 습지로 와서 편안하고, 무엇보다도 더 안전하게 살자고 했다.

하지만 길가에 사는 개구리는 그의 제안을 거절했다. 벌써 익숙하게 적응한 곳에서 떠나고 싶지 않다는 것이었다. 하지만 며칠 뒤, 길가에 살던 개구리는 무거운 짐마차 바퀴에 깔려 죽고 말았다.

언제나 뒷일을 생각하며 행동하라.

115
당나귀와 수탉과 사자

당나귀와 수탉이 한 우리 안에서 살고 있었다. 그런데 마침 며칠 굶은 사자가 그 근처를 지나다 당나귀를 잡아먹으려고 덤벼들었다. 수탉은 그것을 보고는 위풍당당하게 일어나 날개를 퍼덕이며 목청껏 울었다. 그 엄청난 소리에 사자조차 놀라 움찔했다. 그러고는 잽싸게 그 자리에서 도망쳤다. 그 모습을 본 당나귀는 큰 용기를 얻었다. 하지만 동시에 이렇게 생각했다.

'저 사자가 수탉도 제대로 상대하지 못한다면 당나귀를 보면 꽁무니가 빠지게 도망갈 거야.'

그래서 당나귀는 우리를 나와 사자를 쫓아가기 시작했다. 하지만 수탉이 더 이상 보거나 들을 수 없는 먼 곳에 이르자마자 그만 사자에게 잡아먹히고 말았다.

엉뚱하게 용기를 내면 큰 사고가 일어난다.

116
벼룩과 황소

어느 날 벼룩 한 마리가 황소에게 이야기했다.

"어쩌다가 자네처럼 몸집도 크고 튼튼한 친구가 인간이 시키는 궂은 일은 전부 도맡게 된 거지? 자네보다 한참이나 작은 나는 인간들의 몸 위에서 살면서 그들의 피를 빨아먹어도 일을 할 필요가 없는데."

그 말에 황소는 이렇게 대답했다.

"인간들이 고맙게도 나를 잘 대해 주거든. 좋은 먹을 것도 주고, 좋은 잠자리도 마련해 줘. 더구나 가끔씩은 내 머리랑 목을 토닥여 주면서 좋아한다고 말해 주지."

그 말을 듣고 벼룩은 이렇게 대답했다.

"뭐, 인간들이 나도 토닥여 주긴 하는데, 나는 어떻게든 피해 가지. 한번 제대로 맞았다가는 몸이 남아나질 않거든."

누군가에게는 선물과 같은 것이 다른 이들에게는 멸망의 징조일 수 있다.

117
외양간의 수사슴

수사슴 한 마리가 사냥개들에게 쫓겨 농장에 숨어들었다. 숨을 곳을 찾던 수사슴은 황소 몇 마리가 매여 있는 외양간에 들어가서는 한 구석에 쌓여 있던 건초 더미 밑으로 뛰어들었다. 수사슴은 그렇게 제 몸을 숨겼지만 뿔은 건초 위로 튀어나와 있었다. 그 모습을 본 소들 중 한 마리가 수사슴에게 물었다.

"왜 하필 여기로 도망쳤어요? 잘못하면 목동들한테 붙잡힐지도 모르는데."

그 말에 수사슴은 이렇게 대답했다.

"잠깐만 숨게 해 줘요. 밤이 되면 어둠을 틈타서 나갈게요."

그렇게 시간이 흘러 오후가 되었다. 농장의 일꾼 몇 명이 외양간에 들어와서 황소들을 돌보았다. 하지만 그들 중 누구도 수사슴을 발견하지 못했다. 일꾼들이 나간 뒤 수사슴은 위험을 벗어났다고 자축하며 황소들에게 감사를 표했다. 그러자 전에 수사슴에게 말을 걸었던 황소가 말했다.

"잘 지냈으면 좋겠네요. 하지만 아직도 위험하다는 거 잊지 말아요. 지금 우리 주인이 돌아온다면 분명 당신을 찾아낼 거예요. 관찰력이 아주 좋은 사람이거든요."

그런데 마침 그때, 황소들의 주인이 외양간에 들어왔다. 그러고는 황소들을 하나하나 살펴보면서 일꾼들에게 이것저것 일을 시키며 소리쳤다.

"황소들이 다 굶었잖아. 이것 봐. 여기 건초 좀 더 갖다 주고 바닥에 쓰레기도 좀 치워."

주인은 그렇게 말하며 수사슴이 숨어 있는 건초 더미로 다가왔다. 그러고는 건초 한 아름을 안아 올렸다. 그 바람에 수사슴은 주인의 눈에 띄고 말았다. 불쌍한 수사슴은 주인의 일꾼들에게 잡혀서는 그날 주인집의 저녁상에 올라가고 말았다.

누군가의 피난처가 모두의 피난처는 아니다.

118
늑대와 여우와 원숭이

늑대가 여우에게 도둑질을 하지 않았느냐고 몰아붙였다. 당연히 여우는 아니라고 강하게 부인했다. 결국 이 일은 원숭이의 심판을 받게 되었다. 원숭이는 늑대와 여우의 말을 듣고 나서 다음과 같이 판결을 내렸다.

"늑대여, 내 생각에 그대는 잃은 것이 없는 듯하지만, 어쨌거나 그대의 말을 믿도록 하겠다. 그리고 여우 그대는 분명 아니라고 하지만, 어쨌거나 도둑질을 한 듯하구나."

정직하지 못한 자는 아무리 정직하게 행동해도 칭찬을 듣지 못한다.

A. RACKHAM · 1912

119
늑대와 양

늑대 한 마리가 곰과 싸우다가 크게 다치는 바람에 몸을 움직일 수 없게 되었다. 배고픔과 목마름조차 달랠 수 없을 정도였다. 그때 그가 숨어 있는 곳 근처로 양 한 마리가 지나갔다. 그래서 늑대는 양을 불러 세우고 애원했다.

"제발 물을 조금만 가져다 주시오. 먹이를 사냥할 힘도 없어서 그런다오."

그 말에 양은 이렇게 대답했다.

"먹이라고요! 지금 설마 날 두고 한 말은 아니죠? 물 한 잔 갖다 바치면서 내 목숨까지 내놓을 수는 없어요. 그러니까 물 이야기는 꺼내지도 마세요!"

악당의 위선은 쉽게 알아볼 수 있다.

120
백조

전하는 말에 따르면, 백조는 일생에 단 한 번 죽음을 마주하였을 때에만 운다고 한다. 백조의 노래를 들어 본 적 있는 한 사람에 대한 이야기를 해 보자.

어느 날 한 사람이 백조 몇 마리가 시장에 나온 것을 보고는 한 마리를 사서 집으로 데려갔다. 그리고 며칠 뒤, 친구들 몇 명을 저녁 식사에 초대한 자리에서 백조를 내놓고는 자신과 손님들을 위해 노래를 해 달라고 부탁했다. 물론 백조는 입도 뻥긋하지 않았다.

하지만 시간이 지나 백조도 점점 나이를 먹어 갔다. 그러던 어느 날, 백조는 자신이 죽을 때가 되었음을 알고 달콤하지만 슬픈 노래를 부르기 시작했다. 하지만 그 노랫소리를 듣고 화가 난 그의 주인은 이렇게 말했다.

"기어코 죽을 때에만 노래를 부르는군. 이럴 것 같았으면 그때 노래를 청하는 대신 차라리 저 새의 목을 매달아 버릴걸!"

생명이 걸린 문제는 아무리 고민해도 지나치지 않다.

121
의사 행세를 한 구두 수선공

손재주 없는 구두 수선공이 더는 자기 일로 밥벌이를 할 수 없게 되었다. 결국 그는 구두 고치는 일을 그만두고 의사가 되었다. 어떤 독이라도 없애는 비장의 해독제가 있다고 허풍을 떤 것이다. 그의 말재주 덕택에 구두 수선공은 곧 높은 명성을 얻었다. 하지만 구두 수선공은 얼마 안 가 큰 병에 걸리고 말았다. 그 나라의 왕은 이 소식을 듣고 그의 해독제를 시험해 볼 좋은 기회라고 생각했다.

그래서 왕은 물 한 잔을 가져와서는 구두 수선공의 해독제에다 독을 섞는 체하며 약간의 물을 부었다. 그러고는 구두 수선공에게 마시라고 명했다. 구두 수선공은 독 때문에 해를 입을까 덜컥 겁이 났다. 그는 결국 자기가 의학에 관해서는 아무것도 모르는 돌팔이이며, 자신의 해독제는 아무 효과가 없다고 자백해 버렸다. 그 말을 듣고 왕은 모든 국민을 모은 자리에서 이렇게 말했다.

"그대들보다 더 어리석은 신민도 없을 것이다. 솜씨 없는 수선공에게 구두 대신 제 목숨을 기꺼이 맡겼구나!"

돌팔이를 경계하라.

122
헤르메스와 조각가

헤르메스는 인간들이 자신을 어떻게 평가하는지 몹시 궁금해졌다. 그래서 인간으로 변장한 후 어떤 조각가의 작업장으로 들어갔다. 그곳에는 완성된 조각 몇 개가 진열되어 있었다. 헤르메스는 그중 제우스의 조각을 발견하고는 가격을 물어보았다. 조각가는 이렇게 대답했다.

"1크라운입니다."

그의 말에 헤르메스는 웃었다. 그러고는 헤라의 조각상을 가리키면서 이렇게 물었다.

"그것밖에 안 해요? 그럼 이건 얼마나 하는데요?"

조각가는 다시 대답했다.

"헤라님의 조각상은 반 크라운입니다."

헤르메스는 이제 자신의 조각상을 가리키면서 가격을 물어보았다. 그러자 조각가는 이렇게 대답했다.

"그거요? 제우스님과 헤라님의 조각만 사 주신다면 덤으로 드리죠."

스스로를 과대평가하지 말라.

123

도망친 노예

어떤 노예가 자신의 처우에 불만이 쌓인 나머지 주인집으로부터 도망쳤다. 주인은 곧장 그가 없어진 것을 알아채고는 말을 타고 도망친 노예를 찾아 나섰다. 그리고 주인은 곧 노예를 찾아냈다. 다급해진 노예는 다시 붙잡히지 않으려고 디딜방앗간에 몸을 숨겼다.

그러자 그 모습을 본 주인은 이렇게 말했다.

"아하, 네놈이 거기서 일을 하고 싶은 게로구나!"

우리의 행동 결과는 예측할 수 없다.

124
나무들과 도끼

어느 날 나무꾼이 숲 속으로 들어가 나무들에게 도끼자루로 삼을 만한 나무를 달라고 간청했다. 나무들의 우두머리는 공손한 나무꾼의 부탁을 즉시 들어주었다. 아무 망설임 없이 그의 바람대로 어린 물푸레나무를 내준 것이다.

하지만 도끼자루를 얻자마자 나무꾼은 숲 속에서 가장 기품 있는 나무를 베어 넘기기 시작했다. 자신들이 준 선물이 도리어 자신들을 해치는 모습을 보며 나무들은 이렇게 울부짖었다.

"안 돼, 안 돼! 이제 우리는 스스로의 선택으로 파멸하는구나! 그 조그만 선물 때문에 우리의 목숨마저 잃게 되다니. 어린 물푸레나무를 희생시키지 않았던들 우리는 천년만년 살 수 있었을 텐데."

다른 이의 권리만을 챙겨 주다가 우리의 권리를 잃을 수 있다.

125
물그림자를 본 개

개 한 마리가 고기 한 덩어리를 입에 물고 개울을 가로지르는 나무 다리를 건너다가 물에 비친 자신의 모습을 보았다. 개는 그것을 보고 다른 개가 자기 것보다 두 배는 더 큰 고기를 물고 건너고 있다고 생각했다. 그래서 자신의 고기를 버리고는 수면 아래에 있는 다른 개에게 덤벼들어 그의 커다란 고기를 빼앗으려 했다.

당연한 이야기지만, 개는 아무것도 얻지 못했다. '다른 개'가 다름 아닌 자신의 그림자였기 때문이다. 그렇게 물살은 고기와 함께 개의 그림자도 흘려보냈다.

모든 것을 갈망하다가는 모든 것을 잃을 수 있다.

126
사자와 토끼

사자가 잠들어 있는 토끼 한 마리를 발견하고는 잡아먹으려 했다. 그런데 그때, 저쪽에서 길을 가던 수사슴 한 마리를 발견했다. 사자는 토끼를 그 자리에 놔두고 더 큰 사냥감을 쫓기 시작했다. 하지만 아무리 달려도 수사슴을 따라잡을 수는 없었다. 결국 사자는 수사슴을 포기하고서 토끼가 있던 자리로 되돌아왔다. 그러나 이번에는 토끼가 어디론가 도망쳤는지 보이지 않았다. 결국 끼니를 거를 수밖에 없게 된 사자는 이렇게 말했다.

"자업자득이네. 더 나은 것을 탐내는 대신 이미 갖고 있는 것에 만족했어야 하는데."

손안의 기회를 붙잡아라.

127
당나귀와 개

어느 날 당나귀와 개가 함께 여행을 가다가 봉인된 꾸러미 몇 개가 길바닥에 버려진 것을 보았다. 당나귀가 꾸러미의 봉인을 깨고 안을 살펴보니 책 몇 권이 나왔다. 당나귀는 개에게 큰 소리로 책을 읽어 주었다.

그런데 공교롭게도 책의 내용은 당나귀들이 매우 좋아하는 풀과 보리와 볏짚에 관한 것이었다. 하지만 풀이나 보리나 볏짚을 전혀 먹지 않는 개는 당나귀가 읽어 주는 글에 전혀 흥미를 느끼지 못했다. 결국 참고 참았던 개는 당나귀에게 이렇게 물었다.

"몇 장만 좀 건너뛰자. 혹시 그 글에서 고기나 뼈다귀 이야기를 한 곳은 없는지 찾아봐 줘."

당나귀는 그의 말대로 꾸러미에 있는 책 전부를 살펴보았다. 하지만 어디에도 고기나 뼈다귀에 관한 내용은 없었다. 결국 개는 지겹다는 듯 이렇게 말했다.

"이런 젠장, 당장 그 책 좀 치워. 그런 게 무슨 쓸모가 있다고!"

인내심을 가져라. 그리고 견뎌라.

128
어린 암소와 황소

쟁기를 매고 열심히 일하고 있던 황소에게 어린 암소 한 마리가 다가왔다. 그러고는 황소에게 그렇게까지 열심히 일할 필요가 있느냐며 동정하듯이 말했다.

얼마 후 마을에 축제가 열렸다. 마을의 모든 사람은 그날 푹 쉬었고, 황소도 마찬가지로 초원에서 느긋한 시간을 보낼 수 있었다. 하지만 어린 암소는 붙잡혀서 희생의 제물로 바쳐졌다. 그 이야기를 들은 황소는 기쁘다는 듯 웃으며 이렇게 말했다.

"인간들이 그 어린 암소를 왜 그리 풀어놓았는지 이제는 알겠군. 죽여서 제단에 바치려고 그랬던 거야."

게으른 자의 삶은 희생되는 편이 낫다.

129
말벌과 독사

말벌 한 마리가 독사의 머리 위에 내려앉았다. 그러고는 독사의 머리를 몇 번이고 되풀이해 찌르는 것도 모자라 그 자리에 끈질기게 붙어 날아갈 생각을 하지 않았다. 독사는 미칠 것 같은 고통 때문에 어떻게든 말벌을 떼어 내려 했지만 별 소용이 없었다.

결국 독사는 절망에 빠져 이렇게 울부짖었다.

"그래, 내가 죽는 한이 있어도 너는 기어이 죽이고 말 테야."

그러고는 말벌과 함께 자신의 머리를 지나가던 짐수레의 바퀴 밑에 넣었다. 그렇게 독사와 말벌은 함께 죽었다.

적과 함께 죽는 것은 최후의 수단이다.

130
곰과 여우

어느 날, 곰 한 마리가 자신의 관대한 성품에 대해 떠벌리면서 자신이 다른 동물들에 비해 얼마나 교양이 넘치느냐고 말했다. 사실 곰은 죽은 시체를 건드리지 않는 습관도 있었다. 그 말을 듣고 있던 여우는 쓴웃음을 지으며 이렇게 말했다.

"이봐 친구. 네가 배고픈 걸 볼 때마다 말이야, 난 자네가 차라리 죽은 놈한테만 관심을 기울이고 살아 있는 나는 가만 놔뒀으면 한다고."

위선자에게 속는 사람은 아무도 없다.

131
암사자와 암여우

암사자 한 마리와 암여우 한 마리가 자기 새끼들에 대해 이야기하고 있었다. 모든 어미가 그러하듯, 자기 새끼들이 얼마나 건강하고 튼튼하게 자랐으며, 털 결은 또 얼마나 고운지, 또 자신을 얼마나 쏙 빼닮았는지를 이야기하기 시작했다. 그 와중에 여우가 약간 조롱하듯 이렇게 말했다.

"우리 아이들은 보고만 있어도 참 좋아요. 참, 그러고 보니 사자 씨는 아이가 하나밖에 없죠?"

그 말을 들은 사자가 대답했습니다.

"하나밖에 없죠. 오직 하나뿐인 사자."

양보다는 질이다.

132
사랑에 빠진 사자

어떤 사자가 오두막에 사는 어떤 가족의 딸을 사랑하게 되었다. 그는 딸과 결혼하고 싶어 했지만, 그녀의 아버지는 그렇게나 무서운 사윗감에게 딸을 내주고 싶은 마음이 전혀 없었다. 하지만 사자라는 무서운 동물의 심기를 거스르는 것도 싫었다. 결국 그는 한 가지 꾀를 생각해 내고는, 사자를 찾아가 이렇게 말했다.

"사자님이라면 제 딸에게 좋은 신랑감이 될 거라고 생각합니다. 하지만 당신이 이빨과 발톱을 뽑기 전까진 결혼을 허락할 수 없겠습니다. 내 딸이 그것들을 아주 무서워해서 말이죠."

지독할 정도로 사랑에 빠진 사자는 그 자리에서 이빨과 발톱을 뽑겠다고 약속했다. 하지만 사자가 약속을 실천에 옮기자마자, 오두막에 사는 가족은 더 이상 두려워하지 않고 곤봉을 휘둘러 사자를 멀리 쫓아내 버렸다.

사랑은 사나운 자의 눈조차 멀게 만든다.

133
부엉이와 새들

부엉이는 매우 현명한 새로, 먼 옛날, 숲 속에 첫 번째 오크나무의 싹이 텄을 무렵에도 모든 새를 불러 모아 이렇게 말했다.

"저 조그만 나무가 보이나요? 내 충고 한마디만 하죠. 지금 저 나무가 작을 때 없애 버리세요. 저 나무가 크면 그 위에 겨우살이가 날 테고, 그 겨우살이로부터 다시 끈끈이가 날 거예요. 그러면 우리는 그 끈끈이에 날개가 달라붙어 모두 없어지고 말겠죠."

그리고 뿌려진 아마 씨를 보고서는 이렇게 말하기도 했다.

"지금 당장 저 씨앗을 먹어 버려요. 저건 아마 씨거든요. 저 씨앗이 나중에 자라면 인간들이 베어다 그물을 만들어 우리 모두를 잡으러 올 거예요."

그리고 마침내 숲 속에 처음으로 궁수가 나타나자, 부엉이는 저 궁수야말로 새들의 깃털을 붙인 화살로 새들을 죽이는 천적이라고 경고했다. 하지만 새들 중 누구도 부엉이의 말에 귀를 기울이지 않았다. 심지어 어떤 새들은 부엉이가 미쳤다며 비웃기까지 했다.

그러나 결국 부엉이가 예언했던 일들은 일어나고 말았다. 새들은 그녀의 지혜에 존경을 표했다. 그 뒤로 부엉이가 나타나면 모든 새는 그녀의 곁으로 다가가 도움이 될 만한 말을 들으려 했다. 하지만 부엉

이는 더 이상 그들에게 아무 말도 하지 않았다. 대신 풀이 죽은 채 다른 새들의 어리석음을 곱씹고 또 곱씹었다.

악의 씨앗을 제때 없애지 않으면 반드시 후환이 있다.

134
호두나무

길가에서 자라는 어떤 호두나무가 매년 많은 열매를 맺었다. 그래서 근처를 지나가는 사람들이 모두 호두를 따기 위해 막대기나 돌 같은 것으로 호두나무의 가지를 건드렸다. 결국 호두나무는 고통을 참지 못하고 이렇게 외쳤다.

"내 열매를 좋아하는 사람이 욕설과 구타로 열매 값을 치르는군요. 잔혹하게도!"

사랑하는 이에게 상처를 입히기란 쉬운 법이다.

135
올리브나무와 무화과나무

올리브나무가 추운 계절만 되면 이파리를 떨어트리는 무화과나무를 놀리며 이렇게 말했다.

"너는 가을만 되면 잎사귀를 떨어트리고는 봄까지 벌거숭이가 되더라? 하지만 나는 언제나 새파란 잎을 풍성하게 달고 있지."

그런데 얼마 지나지 않아 큰 눈이 내렸다. 올리브나무의 잎사귀에도 엄청난 양의 눈이 쌓이기 시작했다. 결국 올리브나무 가지는 눈의 무게를 이기지 못하고 부러져 버렸다. 하지만 잎사귀 없는 무화과나무의 가지에는 눈이 하나도 쌓이지 않았다. 덕분에 무화과나무에는 다음 해에도 많은 열매가 열릴 수 있었다.

허풍을 떨면 본질 때문에 멸망할 것이다.

136
한 남자와 두 애인

머리가 점점 세어 가는 어떤 중년 남자에게 두 명의 애인이 있었다. 한 사람은 나이가 많은 반면 다른 한 사람은 아직 젊었다. 그런데 나이 많은 애인은 남자가 자신보다 훨씬 어려 보이는 것을 싫어했다. 그래서 중년 남자가 올 때마다 그의 검은 머리카락을 뽑아서 더 늙어 보이게 했다. 반면 젊은 애인은 중년 남자가 자신보다 훨씬 나이가 많아 보이는 것을 좋아하지 않았다. 그래서 중년 남자를 보면 기회가 있을 때마다 그의 흰 머리카락을 뽑아서 더 젊어 보이게 했다.

그 두 사람 때문에 중년 남자의 머리카락은 모두 없어져 버렸고, 결국 남자는 대머리가 되었다.

모두를 기쁘게 하려는 자는 모두를 실망시킨다.

137
원숭이 나라에 간 두 여행자

두 사람이 함께 여행을 하고 있었는데, 그중 한 사람은 거짓말만을 했고 다른 한 사람은 참말만을 했다. 어느 날, 두 명의 여행자는 원숭이 왕국을 지나가게 되었다. 원숭이의 왕은 두 명의 인간이 왕국을 지나간다는 소문을 듣고는 그들을 자신의 앞으로 데려오라고 명령했다. 그러고는 자신은 왕좌에 앉은 다음, 그가 다스리던 원숭이들에게 자신의 양 옆으로 줄을 지어 서게 했다. 인간들에게 자신의 위엄을 보여주기 위해서였다.

곧 두 명의 여행자가 나타났다. 그들을 보고 원숭이의 왕은 자신이 어떤 왕으로 보이는지를 물어보았다. 그의 말에 거짓말만을 하는 여행자가 먼저 대답했다.

"폐하, 폐하는 진정 가장 고귀하시고 위엄 있는 왕이십니다."

그의 말에 원숭이의 왕이 다시 물었다.

"그렇다면 내 신민들은 어떠한고?"

거짓말만을 하는 여행자는 그의 물음에 이렇게 대답했다.

"폐하의 신민들은 고귀하신 주인을 모실 만한 재목입니다."

그의 대답에 원숭이의 왕은 크게 기뻐하면서 후한 상을 내렸다. 이 모습을 보고 참말만을 하는 여행자는 이렇게 생각했다.

'만일 거짓말만을 하는 여행자가 거짓말만으로 저만큼이나 후하게 상을 받았다면 나는 참말로 더 큰 상을 받을 수 있을 거야.'

곧 원숭이의 왕이 참말만 하는 여행자에게도 같은 질문을 던졌다.

"그대의 생각은 어떠한고?"

그래서 참말만 하는 여행자는 이렇게 대답했다.

"폐하는 아주 훌륭한 원숭이입니다. 그리고 당신의 신민들도 훌륭한 원숭이고요."

그러나 그의 대답에 원숭이의 왕은 기뻐하기는커녕 벌컥 화를 내며, 참말만 하는 여행자를 끌어내 죽을 때까지 곤장을 치라고 명령했다.

진실은 아픈 법이다.

138
부자와 무두장이

어떤 부자가 무두장이의 옆집으로 이사를 했다. 그런데 무두 공장에서 심하게 역겨운 냄새가 풍겨 왔다. 냄새를 더 이상 참을 수 없었던 부자는 무두장이에게 다른 곳으로 이사를 가 달라고 부탁했다.

하지만 무두장이는 자꾸만 이사를 미루었다. 부자는 다시 몇 번이나 무두장이의 집에 찾아가 이사를 가 달라고 했고, 그때마다 무두장이는 준비만 끝나면 바로 이사하겠다고 대답했다.

이렇게 말다툼을 주고받는 사이 부자도 어느새 무두 공장의 역겨운 냄새에 익숙해졌다. 그래서 무두장이에게 이사를 가라고 더 이상 시비를 걸지 않았다.

사람은 거의 모든 것에 적응한다.

139
석류나무와 사과나무와 나무딸기

누구의 열매가 더 좋은지를 놓고 석류나무와 사과나무가 말다툼을 벌였다. 둘은 서로 자신의 열매가 더 좋다고 열변을 토했다. 결국 목소리가 점점 높아지면서 둘은 몸싸움을 벌이기 일보 직전에 다다랐다.

바로 그때, 나무딸기가 경솔하게도 덤불숲에서 고개를 내밀고는 이렇게 말했다.

"그만, 그만. 그만들 싸워요. 그 정도면 됐잖아요."

모든 이가 자신이 최고라고 생각한다.

140
여행자와 개

여행자 한 사람이 길을 떠나려다 문가에서 늘어지게 기지개를 켜는 개에게 말했다.

"이 녀석아, 왜 그렇게 늘어지게 하품만 하고 있어? 얼른 떠날 채비를 해 둬. 너도 나랑 같이 가야지."

하지만 개는 제 꼬리를 흔들면서 이렇게 대답했다.

"저는 벌써 준비가 다 끝났어요. 주인님이 채비를 끝내실 때만 기다리고 있었다고요."

게으른 이는 부지런한 이가 늦을 때 화를 낸다.

141
농부와 개들

어떤 농부가 심한 눈보라에 휩싸여 자신과 가족이 먹을 것을 구하지 못할 지경에 이르렀다. 그래서 농부는 양 몇 마리를 잡아서 먹었다. 하지만 눈보라가 계속되자 이번에는 염소를 잡아먹었다. 그러고도 날씨는 전혀 나아질 기미가 없었고, 결국 그는 황소까지 잡을 수밖에 없었다. 그렇게 여러 동물이 차례로 죽어서 식탁 위에 오르는 것을 보고 농부의 개들은 이렇게 수군거렸다.

"지금이라도 빠져나가지 않으면 다음은 우리 차례야!"

제 가족을 돌볼 줄 모르는 자와 친구가 되지 마라.

142
독수리와 매사냥꾼

어떤 사람이 어느 날 독수리 한 마리를 잡았다. 그는 독수리의 날개에 난 깃털을 뽑아 버린 다음 자기 집 닭장 안에 풀어 놓았다. 독수리는 닭들과 함께 살면서 우울하고 풀 죽은 듯 닭장 한구석에서 숨어 지냈다.

얼마 후 매사냥꾼은 잡은 독수리를 기꺼이 이웃 사람에게 팔았다. 이웃 사람은 독수리를 자기 집에 데려와서는 날개 깃털을 다시 기를 수 있게 해 주었다. 곧 날개를 쓸 수 있게 되자마자 독수리는 밖으로 나가 산토끼 한 마리를 잡아다 은혜를 베풀어 준 이웃 사람에게 주었다. 그런데 여우 한 마리가 우연히 이 광경을 보고는 이렇게 말했다.

"이웃에게 선물을 주지 마! 차라리 너를 처음 잡았던 사람에게 갖다 주라고. 그 매사냥꾼을 네 친구로 만들어 두란 말이야. 그러면 그도 더는 너를 잡아다 날개 깃털을 뽑아 버리지 않을 거 아냐."

친절을 베푸는 이를 좋아하라.

143
뱀과 제우스

몸이 너무 길어서 땅 위로 일어설 수 없었던 뱀이 사람들과 짐승들의 발길에 채이고 채인 나머지 제우스에게 자신이 처한 위험에 관해 불평을 늘어놓았다. 하지만 제우스는 그를 별로 동정하지 않았다. 대신 이렇게 대답했다.

“하지만 네가 너를 밟은 자를 물어 버린다면, 다른 이들은 길 어디에 발을 들여야 할지 참 난감했을 것이다.”

선물을 받거든 그것을 준 사람과 친구가 되어라.

144
나뭇가지 한 묶음

하루가 멀다 하고 싸우는 아들들을 둔 아버지가 있었다. 아무리 싸움을 말려도 말을 듣지 않자, 결국 아버지는 아들들이 서로 싸우기만 하다가 화를 당하기 전에 무엇인가 확실한 교훈을 주고자 결심했다.

어느 날, 아들들은 그 어느 때보다 심하게 말다툼을 벌였다. 그때 아버지는 아들들 중 하나에게 나뭇가지를 한 묶음 주워 오게 했다. 그러고는 나뭇가지 묶음을 아들들에게 차례대로 주면서 한꺼번에 부러트려 보라고 했다. 당연히 아들들은 아무리 애를 써도 나뭇가지 묶음을 부러트릴 수 없었다. 아버지는 다시 묶음에서 나뭇가지를 하나씩 빼서는 아들들에게 나눠 주었다. 그리고 아들들에게 나뭇가지 하나를 부러트려 보라고 했다. 아들들은 당연히 나뭇가지를 쉽게 부러트렸다. 그 모습을 지켜보던 아버지는 아들들에게 이렇게 말했다.

"얘들아, 이 나뭇가지 묶음처럼 너희들이 우애로 뭉쳐 서로 돕는다면 적들이 너희를 절대 해칠 수 없을 게다. 하지만 지금처럼 계속 싸운다면 그 나뭇가지처럼 쉽게 버리지 않겠니."

뭉쳐야 강해진다.

145
고양이와 수탉

고양이가 수탉 한 마리를 잡아서는 그를 잡아먹을 좋은 핑계거리를 만들어 내기 시작했다. 사실 고양이는 원래부터 닭을 먹지도 않았고, 고양이 자신도 그러지 말아야 한다는 것을 잘 알고 있었다. 결국 고양이는 이렇게 운을 떼었다.

"수탉 너는 오밤중에 울어서 사람들을 깨우는 못된 장난을 치잖니. 그러니까 오늘 끝장을 내 줄 테야."

하지만 수탉도 자신을 변호했다. 자신이 우는 것은 인간들을 제 시간에 깨워 일하도록 내보내기 위한 것이고, 인간들은 자기 없이는 살 수가 없다고 말이다. 하지만 고양이는 이렇게 대답하면서 수탉을 잡아먹어 버렸다.

"그건 그렇긴 한데, 인간들이 어떻게 살게 되던지, 난 저녁을 굶을 생각이 없단다."

모든 범행에는 충분한 동기가 있다.

146
늑대에게 쫓기던 어린 양

늑대에게 쫓기던 어린 양이 신전으로 피신했다. 그를 쫓던 늑대는 어린 양에게 얼른 성소에서 나오라고 협박하면서 이렇게 말했다.

"어차피 거기 있어도 사제들이 너를 잡아다 제단에 제물로 바칠 거라고."

그 말을 듣고 어린 양이 대답했다.

"걱정 참 고맙네요. 그래도 여기 있을게요. 늑대한테 잡아먹히기보다는 나중에 신전의 제물이 되는 편이 나을 테니까요."

적들보다 친구들 사이에 있는 편이 더 안전하다.

147
숯 굽는 사람과 축융*공(縮絨工)

옛날에 숯 굽는 사람이 홀로 살고 있었다. 그런데 어쩌다가 축융공한 사람이 이웃에 정착하게 되었다. 숯 굽는 사람은 축융공을 만나고 나서 그가 좋은 성품의 소유자라는 것을 알게 되었다. 그래서 숯 굽는 사람은 축융공에게 같은 집에서 함께 살면 어떻겠느냐고 제안하며 이렇게 말했다.

"서로 더 좋은 친구가 될 겁니다. 생활비도 아낄 수 있을 거구요."

하지만 축융공은 그 말을 듣고 숯 굽는 사람에게 감사하면서도 이렇게 대답했다.

"죄송하지만 사양하겠습니다. 애써서 하얗게 만들어 놓은 양털이 당신의 숯 때문에 시커멓게 변할 거 아닙니까."

누구나 끼리끼리 어울려야 한다.

* 비누 용액과 알칼리 용액을 섞은 것에 서로 겹쳐진 양모를 적셔 열이나 압력을 가하고 마찰한 뒤에, 털을 서로 엉키게 하여 조직을 조밀하게 만드는 모직물 가공 공정. 모포, 플란넬 따위의 방모 직물에 쓴다.

148
노예와 사자

옛날에 어떤 노예가 주인의 잔혹한 처사를 견디지 못하고 도망쳤다. 노예는 다시 붙잡히지 않으려고 사막으로 향했다. 먹을 것과 잘 곳을 찾던 노예는 주인 없는 동굴을 발견하고 그곳으로 들어갔다. 하지만 사실 그 동굴에는 이미 사자 한 마리가 살고 있었고, 사자를 본 불쌍한 노예는 겁에 질렸다.

그는 모든 희망을 버리고 마음의 준비를 했지만 놀랍게도 사자는 노예에게 달려들지 않았다. 대신 노예 앞에서 멈춰 서서는 낑낑대며 자기의 앞발을 들어 올렸다. 들어 올린 앞발은 상처 때문에 퉁퉁 부어 있었다. 노예는 마음을 가다듬고 찬찬히 사자의 앞발을 살펴보았다. 그러고는 발바닥에 박혀 있는 커다란 가시를 찾아냈다. 노예는 가시를 뽑아내고서 사자의 앞발에 조심스럽게 붕대를 감아 주었다. 얼마 후 사자의 앞발에 난 상처는 완전히 나았다. 사자는 노예의 친절한 행동에 한없이 고마워했다. 그래서 그를 자신의 친구처럼 대했다. 그렇게 사자와 노예는 한 동굴에서 한동안 정답게 살았다.

하지만 결국 노예는 사람 사는 세상이 그리워졌다. 그래서 사자와 헤어져서는 마을로 돌아왔다. 그러고는 그 자리에서 붙잡혀서는 사슬에 묶여 그의 옛 주인에게 끌려갔다. 주인은 본보기로 삼으려고 노예를 원형 경기장에 데려가 사나운 짐승들 사이에 던져 죽이라고 했다.

마침내 노예의 처형일이 되었다. 사나운 짐승들이 원형 경기장 안에 풀려났다. 그 가운데는 유달리 덩치가 크고 사나워 보이는 사자도 한 마리 끼어 있었다. 곧 불쌍한 노예가 짐승들 사이에 던져졌다. 하지만 놀랍게도, 그 사나워 보이는 사자가 노예를 흘깃 보고서는 그 발밑에 앉아 기쁘다는 듯 애교를 떠는 것이었다. 그 사자는 바로 노예와 함께 동굴에서 살았던 그 사자였다. 이 광경을 보고 원형 경기장에 모인 사람들은 노예를 살려 달라고 간청했다. 결국 사자의 신실함에 감명을 받은 마을의 총독은 노예와 사자를 모두 자유롭게 해 주겠다고 선언했다.

친절은 언젠가 반드시 보답받는다.

149
개미에게 물린 사람과 헤르메스

어느 날 한 사람이 우연히 배 한 척이 뱃사람들과 함께 가라앉는 것을 보고 신들의 불공평함을 탓했다.

"신들은 인간의 성품에는 참 무심하시구나. 선한 자와 악한 자를 함께 죽음으로 몰아넣으시다니."

그런데 공교롭게도 그가 서 있는 곳 근처에는 개미집이 있었다. 그래서 그가 말하는 동안 개미 한 마리가 기어 나와서 그의 발을 물었다. 그 순간 화가 난 그는 개미집을 밟아 아무 죄 없는 개미 수백 마리를 죽였다.

그러자 갑자기 헤르메스가 나타나서는 그를 자신의 지팡이로 마구 때리며 이렇게 말했다.

"이 악당 같은 놈아. 네 녀석의 정의로움이란 게 고작 이런 거였냐?"

스스로의 신념대로 행동하라.

150

어부의 행운

한 어부가 하루 종일 아무것도 잡지 못한 채 시간만 보내고 있었다. 어부는 결국 짜증이 나서 집으로 돌아갈 채비를 하며 낚싯대를 감아 올리려 했다. 그러나 바로 그 순간, 커다란 물고기가 그의 배로 뛰어 들었고, 어부는 그 덕택에 또 하루를 견딜 수 있게 되었다.

인내는 결국 보답받기 마련이다.

위대한 노예, 이솝이 전하는 교훈과 감동 이야기

'이솝 이야기'를 모르는 사람은 거의 없다. 작자는 이솝이며, 장르는 아동용 동화임을 말이다. 사실상 대부분의 사람들이 그렇게 생각할지도 모른다. 그러나 조금만 더 생각해 보면 그러한 선입견은 꽤 터무니없는 것이다. 단순한 옛날이야기가 수천 년의 세월을 거치는 동안 어떻게 한 사람의 이름 아래 살아남았을까? 등장'인물'도 거의 동물들로 이루어진 이야기가 어떻게 오랜 세월 동안 사람들의 공감을 이끌어 낼 수 있었을까? 그리고 이 '이야기'는 현재의 우리에게, 그리고 미래의 세대들에게 어떤 의미를 줄까?

그리스의 우화 작가, 이솝

먼저 이 이야기를 '썼다.'고 하는 이솝이라는 사람부터 살펴보자.

모든 고대인이 그러하듯, 그의 생몰년이나 행적에 관해 정확히 아는 사람은 아무도 없다. 단지 그가 기원전 620년경 트라케에서 태어났고, 사모스 사람인 크산투스와 야드몬이라는 사람의 노예로 생활하다가 자유민 신분을 얻었으며, 나중에 델포이의 아폴론 신전 사제의 탐욕을 고발하다가 그들의 분노를 사서 죽었다는 것만이 그나마 알려진 사실이다.

그의 외모에 관한 이야기도 애매모호하기는 마찬가지다. 혹자는 그가 '에티오피아인'처럼 검은 피부를 지녔다고 말하기도 하고, 곱사등에 말더듬이었다고도 하며, 또 엄청난 추남이었다고도 이야기한다.

다만 한 가지 확실한 것은 그가 노예 생활을 했다는 점이다. 당시 그리스의 계층은 크게 자유민과 자유민의 아래에서 여러 가지 육체노동을 전담하는 노예로 구분되었다. 이솝 또한 그의 이야기에 나오는 노새처럼 스스로의 자유를 자유민들에게 내맡긴 채 절망적인 생활을 영위했음을 의미한다.

그러나 그의 동료 노예들이 고된 삶 속에서 절망하고 체념할 때, 그는 자신의 주변 환경으로부터 의미를 찾으려 노력했다. 수많은 자유민과 동료 노예의 모습에서 인간의 성격을 추론해 냈고, 사람들 사이의 관계와 신들의 가르침으로부터 그 정수를 뽑아냈다. 거기에 억눌린 자 특유의 걸쭉한 입담과 재치를 섞어 그 자신만의 독보적인 장르를 만들어 냈다. 바로, 우화(Fable)라는 장르였다.

지혜를 담은 이야기, 우화

표준국어대사전의 정의에 따르면, 우화는 인격화한 동식물이나 기타 사물을 주인공으로 하여 그들의 행동 속에서 풍자와 교훈의 뜻을 나타내는 이야기라고 한다.

이러한 형태의 이야기는 굳이 이솝 이야기에서만 찾아볼 수 있는 것은 아니다. 동양의 전통 이야기 중에서도 인간이 아닌 주인공이 등장하는 설화는 얼마든지 찾아볼 수 있다. 우리의 전래 동화에도 지나가는 선비 이외에 까치나 호랑이, 뱀이나 토끼 등의 동물들은 자주 등장한다.

그러나 이솝의 이야기 속에서 등장하는 동물들은 독특하다. 동물들뿐만이 아니다. 사물과 인간, 심지어는 신들마저 저마다의 개성과 목소리를 가지고 이야기 속에서조차 자신들의 삶에 관해 이야기한다.

게으르고 느리지만 끈기 있는 거북이와, 성미 급하고 재빠르지만 언제나 육식 동물에게 희생당하는 토끼, 인간으로부터 항상 채찍질당하면서 힘든 일을 도맡아 하는 노새와 당나귀와 황소, 모든 동물 위에서 군림하는 사자, 잔꾀가 특기인 여우, 음험하고 위험한 늑대, 제우스의 새 독수리, 자신의 아름다움을 과시하는 공작, 유약하게 인간의 보호를 받는 양과 닭부터 인간의 곁을 지키는 개까지. 이 모든 동물이 이야기의 줄거리 속에서 저마다의 개성을 드러낸다. 이들은 믿음과 우정, 가족 간의 사랑과 순종 같은 인간의 미덕은 물론이고 배신과 질투, 탐욕과 불화 같은 인간의 악덕 또한 갖고 있는 지극히 양면적인 존재이다. 지금도 살아 숨 쉬고 있을 인간의 모습을 그대로 닮은 동물들인 것이다.

당연히 그런 주인공들이 등장하는 이야기가 도덕적이기만 할 리는 없다. 착한 이들이 그에 합당한 보상을 받는 경우도 있지만, 단지 길가에 서 있다는 이유로 사람들의 매질을 견뎌야 하는 호두나무처럼 억울함을 전혀 호소하지 못하는 경우도 부지기수이다.

이것뿐만이 아니다. 오직 자신의 힘만을 믿고 남의 정당한 노동의 대가를 부당하게 빼앗는 사자가 있는가 하면, 심지어는 자신의 친한 길동무를 바쳐 목숨을 보전하려 했던 여우까지도 이솝 이야기에는 가감 없이 등장한다. 어떤 이야기는 인간의 미덕을, 어떤 이야기는 권모술수를, 또 어떤 이야기는 정당한 복수를 이야기한다. 시대와 국가를 초월하여 모든 이가 자연스럽게 살아가는 모습을, 그리스의 가면극에서 그랬던 것처럼 동물의 탈을 씌워 있는 그대로 보여 준 것이다.

그 덕분에 이솝 이야기는 그리스인들로부터 선풍적인 인기를 얻게 되었다. 그리고 사람들은 본 책 속의 웅변가 데마데스처럼 자신만의 우화를 만들어 내기 시작했고, 여기에 이솝의 이름을 붙여 퍼트리게 되었다.

이솝 이야기를 읽어야 하는 이유

이 과정을 거치면서 이솝 이야기는 그 수가 늘어난 것은 물론이고 형식과 내용도 고도로 정제되기 시작했다. 자칫 그리스인들에게만 통용될 수 있는 이야기가 오랜 세월을 지나면서 수많은 사람의 손을 거친, 보편타당한 이야기로 변화된 것이다.

바로 여기에 우리가 이솝 이야기를 읽어야 하는 이유가 존재한다. 이솝 개인의 재치와, 그리스 사람들이 갖고 있던 세계에 대한 인식을 거쳐, 그 속에 녹아 있는 인간 특유의 보편타당한 사고방식을 스스로에게 체화시키기 위함이다. 동물들의 모습 뒤에 녹아 있는 우리들의 모습을 발견하고 공감하며, 이러한 이야기를 만들었던 고대인들이 우리와 다르지 않음을 깨닫기 위해서다. 그리고 그 고대인들의 뒤에서 조용히 미소 짓고 있는, 자신의 어려웠던 처지를 기지와 해학이 넘치는 이야기로 바꾸어 냈던 이솝을 우리 안에서 찾아내기 위해서다.

이지영

작가 연보

이솝은 기원전 6세기경 그리스에서 살았던 인물로 알려져 있지만 그의 생몰년과 정확한 행적에 관해 이솝의 동시대 사람들이 기록한 것은 없다. 다만 헤로도토스와 아리스토텔레스 등의 고대 역사가들이 언급한 기록을 통해서 그 대강을 짐작할 수 있을 뿐이다.

기원전 620년경 그리스의 역사가 헤로도토스(기원전 484~425년경)에 의해 기원전 6세기 초반에 살았던 인물로 소개되었다. 또한 플라톤의 제자 아리스토텔레스(기원전 384~322년경)와 같은 고대 그리스 학자에 의해 연구되었으며, 현재의 터키 내륙 지방에 해당하는 흑해 연안의 도시 트라키아(Thracia) 출신으로 기록되었다. 그의 본명은 그리스어로 아이소포스(Aisopos)다.

기원전 ? 사모스(Samos) 섬에서 철학자 크산투스(Xanthus) 혹은 이아드몬(Iadmon)의 노예로 생활했다. 특히 철학자 크산투스의 노예로 생활했던 시절은 2세기경 그리스에서 저술된 것으로 생각되는《이솝의 생애(The Life of Aesop, 혹은 Aesop Romance)》에서 다양한 형태로 묘사되어 있다.
자유인이 된 시기 또한 알려져 있지 않으나, 대개 한 부유한 사모스인의 변론을 맡은 이후인 것으로 추정된다.
이후 우화가로 그리스 전역에 이름을 떨치기 시작하였으나, 구전이라는 우화의 특성상 모든 '이솝 이야기'를 이솝 본인이 저술했다고 하기에는 다소 무리가 있다.

기원전 564년경 플루타르크의 기록에 따르면, 리디아의 왕 크로이서스의 어명으로 다량의 황금을 델포이(Delphoi)로 운반하였으나, 시민들의 탐욕에 분노한 이솝이 황금을 나누어 주기를 거부한 탓에 델포이 시민들의 노여움을 사 사망한 것으로 되어 있다.

옮긴이 이지영

대전대학교 한의과대학에서 학사와 석사를 마치고, 진료와 건강 서적의 번역 일을 병행했다. 현재 꾸준한 번역 활동을 하고 있으며, 주요 역서로 《살림손길》《전립샘염과 골반통증의 새로운 치료법》 등이 있다.

그린이 아서 래컴

일러스트레이션의 황금기라 불리던 19세기 말에서 20세기 초 에드몽 뒤락, 카이닐센과 함께 영국에서 활동한 대표적 동화 삽화가다. 1967년 영국 런던에서 태어났다. 1893년 토머스 로즈의 《To the Other Side》를 시작으로, 앤서니 홉의 《The Dolly Dialogues》에 삽화를 실었다. 그 후 그림형제의 동화 삽화를 그리면서 주목받기 시작했고, 《이상한 나라의 앨리스》《피터팬》 등 다수의 작품에 참여했다.

이솝 이야기 2

개정1쇄 펴낸 날 2020년 12월 1일
개정2쇄 펴낸 날 2021년 1월 30일

지은이 이솝
그린이 아서 래컴
옮긴이 이지영
펴낸이 장영재
펴낸곳 (주)미르북컴퍼니
자회사 더클래식
전 화 02)3141-4421
팩 스 02)3141-4428
등 록 2012년 3월 16일(제313-2012-81호)
주 소 서울시 마포구 성미산로32길 12, 2층 (우 03983)
E-mail sanhonjinju@naver.com
카 페 cafe.naver.com/mirbookcompany

* (주)미르북컴퍼니는 독자 여러분의 의견에 항상 귀 기울이고 있습니다.
* 파본은 책을 구입하신 서점에서 교환해 드립니다.
* 책값은 뒤표지에 있습니다.

1 | **노인과 바다** | **어니스트 헤밍웨이**
1953년 퓰리처상 수상작 / 1954년 노벨문학상 수상작 / 미국대학위원회 선정 SAT 추천도서

2 | **동물 농장** | **조지 오웰**
미국대학위원회 선정 SAT 추천도서 / 〈타임〉지 선정 현대 100대 영문소설
한국 문인이 선호하는 세계명작소설 100선 / 서울시 교육청 추천도서
논술 및 수능에 출제된 책(1998~2005)

3 | **어린 왕자** | **앙투안 드 생텍쥐페리**
전 세계 1억 부 이상 판매 기록 / 167개국 언어로 번역

4 | **사람은 무엇으로 사는가(톨스토이 단편선 1)** | **레프 니콜라예비치 톨스토이**
영어권 문학가들이 가장 좋아하는 작가 / 전 세계 거의 모든 언어로 번역된 필독서

5 | **검은 고양이(포 단편선)** | **에드거 앨런 포**
포 최고의 미스터리 세계를 보여 준 호러 문학의 걸작

6 | **예언자** | **칼릴 지브란**
'현대의 성서'로 불리는 책

7 | **젊은 베르테르의 슬픔** | **요한 볼프강 폰 괴테**
세기의 철학가와 문인들의 찬사를 받은 대표작

8 | **독일인의 사랑** | **프리드리히 막스 뮐러**
잊히지 않는 낭만적 사랑의 향기 / 독일 낭만주의 시인 막스 뮐러의 유일 순수문학 작품

9 | **이방인** | **알베르 카뮈**
노벨 연구소 선정 최고의 세계문학 100선 / 1957년 노벨문학상 수상작
대한민국 명사 101인의 대표 추천작 / 연세대학교 필독도서 / 미국대학위원회 선정 SAT 추천도서
〈타임〉지 선정 세상을 움직인 책 100권

10 | **데미안** | **헤르만 헤세**
노벨문학상 수상 작가 / 20세기 일대 센세이션을 일으킨 성장 소설의 고전
서울시 교육청 추천도서

11 | 그리스인 조르바 | 니코스 카잔차키스

미국대학위원회 선정 SAT 추천도서 / 한국간행물윤리위원회 선정추천도서
한국출판인회의 출판인이 선정한 100권의 도서

12 | 위대한 개츠비 | 프랜시스 스콧 피츠제럴드

〈타임〉지 선정 현대 100대 영문소설 / 어니스트 헤밍웨이가 인정한 완벽한 일급 작품
20세기 100대 영문소설 1위 / 미국대학위원회 선정 SAT 추천도서 / 뉴욕 공립도서관 추천도서
대한민국 명사 101인의 대표 추천작 / WTO 북클럽 추천도서

13 | 도리언 그레이의 초상 | 오스카 와일드

미국대학위원회 고교 추천도서 101 / 대한민국 명사 101의 대표 추천작

14 | 벨 아미 | 기 드 모파상

모파상의 가장 매력적이고 파격적인 작품 / 19세기 파리를 뒤흔든 파격 스캔들
2012년 개봉한 영화 〈벨 아미〉 원작

15 | 이상한 나라의 앨리스 | 루이스 캐럴

난센스와 판타지의 대표작 / 아카데미 '미술상' 수상한 영화의 원작
19세기 가장 유명한 영국 아동문학 작가

16 | 두 도시 이야기 | 찰스 디킨스

영국이 낳은 가장 위대한 소설가 / 영화 〈다크나이트〉의 모티프
미국대학위원회 선정 SAT 추천도서 / 서울시 교육청 선정 청소년 필독도서

17 | 햄릿 | 윌리엄 셰익스피어

대한민국 명사 101인의 대표 추천작 / 서울대학교 권장도서 100선 / 서울대학교 동서고전 200선
연세대학교 필독도서 / 미국대학위원회 선정 SAT 추천도서 / 국립중앙도서관 선정 청소년 권장도서

18 | 오페라의 유령 | 가스통 르루

4대 뮤지컬 〈오페라의 유령〉 원작 소설 / 프랑스 최고 추리소설 작가

19 | 1984 | 조지 오웰

〈타임〉지 선정 세상을 움직인 책 100권 / 〈텔레그라프〉지 완벽한 도서관을 위한 권장도서 100
세계 3대 디스토피아 미래 소설 / 〈가디언〉지 권장도서 / 뉴욕 공립도서관 추천도서
하버드 대학생이 가장 많이 산 책 1위

20 | 수레바퀴 아래서 | 헤르만 헤세

대한민국 명사 101인의 대표 추천작 / 헤르만 헤세의 사춘기 시절 경험을 바탕으로 한 자전적 소설
노벨문학상 수상 작가/ 국립중앙도서관 선정 청소년 권장도서

21 22 23 | 안나 카레니나 1~3 | 레프 니콜라예비치 톨스토이

톨스토이 생애 최고의 리얼리즘 소설 / 서울대학교 권장도서 100선 / 서울대학교 동서고전 200선
연세대학교 필독도서 / 미국대학위원회 선정 SAT 추천도서 / 오프라 윈프리 북클럽 권장도서
논술 및 수능에 출제된 책(1998~2005)

24 | 오즈의 마법사 1 - 오즈의 위대한 마법사 | 라이먼 프랭크 바움

미국대학위원회 선정 SAT 추천도서 / 연세대학교 필독도서 / 국립중앙도서관 선정 우수 번역서

25 | 리어 왕 | 윌리엄 셰익스피어

대한민국 명사 101인의 대표 추천작 / 서울대학교 권장도서 100선 / 연세대학교 필독도서
미국대학위원회 선정 SAT 추천도서 / 〈가디언〉지 권장도서 / 세인트존스 대학교 권장도서
논술 및 수능에 출제된 책(1998~2005)

26 27 28 29 30 | 레 미제라블 1~5 | 빅토르 위고

저명한 문학비평가들이 극찬한 세기의 걸작 / WTO 북클럽 추천도서
2013년 개봉한 영화 〈레 미제라블〉의 원작 / 전자책 베스트셀러 1위(2013)

31 | 월든 | 헨리 데이비드 소로

미국대학위원회 고교추천도서 101 / 미국대학위원회 선정 SAT 추천도서

32 | 겨울 왕국(안데르센 단편선 1) | 한스 크리스티안 안데르센

어린이문학에 꽃을 피운 불멸의 작가 / 세계를 움직인 100권의 책 선정
노벨 연구소 선정 세계 100대 문학 작품

33 | 오만과 편견 | 제인 오스틴

서울대학교 동서고전 200선 / 연세대학교 필독도서 / 세인트존스 대학교 권장도서
〈텔레그라프〉지 완벽한 도서관을 위한 권장도서 100 / 〈가디언〉지 권장도서
미국대학위원회 선정 SAT 추천도서 / 국립중앙도서관 선정 청소년 권장도서

34 | 로미오와 줄리엣 | 윌리엄 셰익스피어

서울대학교 동서고전 200선 / 미국대학위원회 선정 SAT 추천도서
칼리지보드 선정 고교생 필독서 101권

35 | 바람이 분다 | 호리 다쓰오

미야자키 하야오의 애니메이션 영화 〈바람이 분다〉 원작

36 | 맥베스 | 윌리엄 셰익스피어

서울대학교 권장도서 100선 / 연세대학교 필독도서 / 미국대학위원회 선정 SAT 추천도서
국립중앙도서관 선정 청소년 권장도서

37 | 신곡 – 인페르노(지옥) | 단테 알리기에리

서울대학교 권장도서 100선 / 국립중앙도서관 선정 청소년 권장도서
미국대학위원회 선정 SAT 추천도서 / 〈뉴스위크〉지 선정 100대 명저

38 | 외투 · 코(고골 단편선) | 니콜라이 바실리예비치 고골

러시아 사실주의 문학의 지평을 연 작품

39 | 인간 실격 | 다자이 오사무

교육과학기술부 산하 사단법인 한국교육지원회 선정 아침독서 10분 운동 필독서
영화 평론가 이동진 추천도서

40 | 마지막 잎새(오 헨리 단편선) | 오 헨리

서울대학교 · 연세대학교 추천도서 / 서울시 교육청 추천도서
EBS 주최 북퀴즈 왕 선발 추천도서

41 | 오즈의 마법사 2 – 환상의 나라 오즈 | 라이먼 프랭크 바움
미국대학위원회 선정 SAT 추천도서

42 | 좁은 문 | 앙드레 지드
교육과학기술부 산하 사단법인 한국교육지원회 선정 아침독서 10분 운동 필독서

43 | 킬리만자로의 눈(헤밍웨이 단편선) | 어니스트 헤밍웨이
국립중앙도서관 선정도서 / 남산도서관 선정도서

44 | 벤자민 버튼의 시간은 거꾸로 간다(피츠제럴드 단편선 1) | 프랜시스 스콧 피츠제럴드
전미비평가협회 선정 '톱 10 작품', 영화 〈벤자민 버튼의 시간은 거꾸로 간다〉의 원작
2013 화제의 영화 〈위대한 개츠비〉 작가, 피츠제럴드 단편선

45 | 광란의 일요일(피츠제럴드 단편선 2) | 프랜시스 스콧 피츠제럴드
2013 화제의 영화 〈위대한 개츠비〉 작가, 피츠제럴드 단편선

46 | 천로역정 | 존 버니언
성경 다음으로 많이 읽힌 기독교 3대 고전 중 하나 / 2003년 국립중앙도서관 선정 고전 100선

47 | 세 가지 질문(톨스토이 단편선 2) | 레프 니콜라예비치 톨스토이
영어권 문학가들이 가장 좋아하는 작가 / 전 세계 거의 모든 언어로 번역된 필독서

48 | 갈매기(체호프 희곡선 1) | 안톤 체호프
미국대학위원회 선정 SAT 추천도서 / 서울대학교 권장도서 100선

49 | 개를 데리고 다니는 여인(체호프 단편선 1) | 안톤 체호프
서울대학교 동서고전 200선 / 노벨 연구소 선정 세계문학 100선

50 | 귀여운 여인(체호프 단편선 2) | 안톤 체호프
노벨 연구소 선정 세계문학 100선

51 | 폭풍의 언덕 | 에밀리 브론테
서울대학교 · 연세대학교 · 고려대학교 권장도서
1940 아카데미 상 최우수작 지명 〈폭풍의 언덕〉 원작

52 | 지킬 박사와 하이드 | 로버트 루이스 스티븐슨
2004 한국 문인이 선호하는 세계 명작 소설 100선 / 브로드웨이 뮤지컬 역사상 가장 아름다운 스릴러 / 〈지킬 앤 하이드〉 원작

53 | 바냐 아저씨(체호프 희곡선 2) | 안톤 체호프
서울대학교 권장도서 100선 / 노벨문학상 수상자 네이딘 고디머, 앨리스 먼로의 표본

54 55 | 이솝 이야기 1~2 | 이솝
어린이독서위원회, 서울 독서교육연구회 권장도서

56 | 오즈의 마법사 3 – 오즈의 오즈마 공주 | 라이먼 프랭크 바움
미국대학위원회 선정 SAT 추천도서

57 | **주홍색 연구(셜록 홈스 시리즈 1) | 아서 코난 도일**
영국 BBC 제작, KBS 방영 〈셜록〉의 원작 / 대한민국 대표 추리 소설가 백휴의 작품해설 수록

58 | **네 개의 서명(셜록 홈스 시리즈 2) | 아서 코난 도일**
영국 BBC 제작, KBS 방영 〈셜록〉의 원작 / 대한민국 대표 추리 소설가 백휴의 작품해설 수록

59 | **배스커빌 가의 개(셜록 홈스 시리즈 3) | 아서 코난 도일**
영국 BBC 제작, KBS 방영 〈셜록〉의 원작 / 대한민국 대표 추리 소설가 백휴의 작품해설 수록

60 | **공포의 계곡(셜록 홈스 시리즈 4) | 아서 코난 도일**
영국 BBC 제작, KBS 방영 〈셜록〉의 원작 / 대한민국 대표 추리 소설가 백휴의 작품해설 수록

61 | **페스트 | 알베르 카뮈**
노벨문학상 수상 작가 / 1947년 프랑스 비평가상 수상 / 서울대학교 권장도서 100선

62 | **무기여 잘 있거라 | 어니스트 헤밍웨이**
노벨문학상 수상 작가 / 〈타임〉지가 뽑은 20세기 최고의 문학 100선
미국 대학 위원회 선정 SAT 추천 도서 / 서울대학교 권장도서 200선

63 | **야간 비행 | 앙투안 드 생텍쥐페리**
1931년 페미나 문학상 수상 / 작가의 경험이 들어간 직업 소설

64 | **톰 소여의 모험 | 마크 트웨인**
미국 현대문학의 효시 마크 트웨인의 대표작 / 일본 후지TV 애니메이션 〈톰 소여의 모험〉 원작

65 | **프랑켄슈타인 | 메리 셸리**
오늘날 SF소설의 선구 / 과학기술이 야기하는 사회적, 윤리적 문제를 다룬 최초의 소설

66 | **마음 | 나쓰메 소세키**
서울대 권장도서 100선 / 일본의 셰익스피어 나쓰메 소세키의 대표작

67 | **노예 12년 | 솔로몬 노섭**
2014 아카데미 시상식 3관왕 〈노예 12년〉 원작 / 노예 해방의 도화선이 된 작품

68 | **성냥팔이 소녀(안데르센 단편선 2) | 한스 크리스티안 안데르센**
SBS 드라마 〈신의 선물-14일〉 메인 테마 도서 / 어린이문학에 꽃을 피운 불멸의 작가

69 70 | **제인 에어 1~2 | 샬럿 브론테**
150년간 사랑받은 로맨스 소설의 고전 / 미국 대학위원회 선정 SAT 추천도서
영국 〈가디언〉이 선정한 세계 100대 최고의 소설 / 연세대학교 권장도서
영국 BBC 조사 영국인들이 가장 사랑하는 소설 100선 / 현대 여성들이 가장 사랑하는 필독서

71 | **예수의 생애 | 찰스 디킨스**
2014년 개봉 〈선 오브 갓〉 원작 / 종교철학자 헤겔의 사상을 만든 고전
대문호 찰스 디킨스의 숨은 명작

72 | 싯다르타 | 헤르만 헤세
대한민국 명사 시인 장석남이 강력 추천한 작품 / 출간과 동시에 10만 부가 넘게 팔린 역작
진정한 자아를 깨닫기 위해 늘 고민하던 헤르만 헤세의 자전적 소설

73 | 신곡-연옥 | 단테 알리기에리
서울대 권장도서 100선 / 미국대학위원회 선정 SAT 추천도서
국립중앙박물관 선정 청소년 권장도서 / 〈뉴스위크〉 선정 100대 명저

74 75 | 테스 1~2 | 토머스 하디
미국 영국 BBC 선정 영국인이 사랑한 책 100선 / 서울대 추천 고등학생 권장도서 100선

76 | 신데렐라(샤를 페로 단편선) | 샤를 페로
프랑스 아동 문학의 아버지 / 영화 〈말레피센트〉원작

77 | 미녀와 야수(보몽 단편선) | 잔 마리 르 프랭스 드 보몽
변신 모티프의 전형을 완성 / 미야자키 하야오와 디즈니 애니메이션 원작

78 79 80 | 웃는 남자 1~3 | 빅토르 위고
빅토르 위고가 최고로 자부한 걸작 / 출간 당시 전 유럽을 충격에 빠트린 문제작
뮤지컬, 영화 등 여러 매체로 알려진 〈웃는 남자〉의 원작
한국간행물윤리위원회 선정 청소년 권장도서(2007)

81 | 마담 보바리 | 귀스타브 플로베르
사실주의 문학의 거장 귀스타브 플로베르의 대표작 / 서울대학교 추천 도서 100선
외설적이라는 이유로 19세기 교황청 금서목록에 선정된 작품 / 〈뉴스위크〉지 선정 100대 명저

82 | 별(도데 단편선 1) | 알퐁스 도데
자연주의와 인상주의의 절묘한 조화 / 서정적인 감수성과 아름다운 문체
부산시 교육청 선정 중학생 권장도서 / 포스코 교육재단 선정 중학생 필독도서

83 | 보이첵(뷔히너 단편선) | 게오르그 뷔히너
세계 최초로 한국에서 뮤지컬화 된 〈보이첵〉의 원작
시대를 폭로하는 천재 작가의 현실감 넘치는 작품

84 | 오셀로 | 윌리엄 셰익스피어
셰익스피어 4대 비극 중 하나 / 〈뉴스위크〉 선정 100대 명저 / 서울대학교 권장도서 100선

85 | 변신(카프카 단편선) | 프란츠 카프카
소외된 인간이었던 작가의 갈등과 고독을 반영 / 서울대 추천도서 100선 / 명사 101명이 추천한 파워클래식

86 | 피노키오 | 카를로 콜로디
월트 디즈니 인생 최고의 애니메이션으로 재탄생
스티븐 스필버그 감독의 2001년작 〈A.I.〉의 모티브 / 260개 언어로 번역된 교훈적 내용

87 | 세상을 보는 지혜 | 발타자르 그라시안 · 쇼펜하우어
세기를 아우르는 저명한 철학자가 쓰고 철학자가 옮긴 대표적인 작품
세상을 살아가는 데 꼭 필요한 빛나는 지혜를 전수해 주는 인생 처세서

88 | 마지막 수업(도데 단편선 2) | 알퐁스 도데
중・고등학교 국어 교과서 수록 작품 / 교육청 선정 청소년 권장도서 100선

89 | 키다리 아저씨 | 진 웹스터
출간 이래 100년 동안 사랑받아 온 스테디셀러 / 세상의 편견을 뛰어넘은, 편지 형식 소설의 대명사

90 | 키다리 아저씨 2 —그 후 이야기 | 진 웹스터
미국・일본・한국에서 2차 창작된 작품의 속편 / 여성의 대외 활동을 고양시킨 사회적 걸작

91 92 93 | 피터 래빗 이야기 1~3 | 베아트릭스 포터
세상에서 가장 사랑받는 토끼 이야기 / 자연 보호와 동물 존중 사상이 담긴 작품

94 95 | 드라큘라 1~2 | 브램 스토커
지금까지 가장 많은 동명의 영화로 제작된 고딕 소설의 대명사
2004년 뮤지컬로 만들어져 브로드웨이 초연 이후 세계 각국에서 사랑 받아온 작품

96 97 98 99 | 카라마조프가의 형제들 1~4 | 표도르 도스토옙스키
신・종교, 삶・죽음, 사랑・욕망 등 인간 내면의 본성의 문제를 다룬 작품
정신분석학자 프로이트가 꼽은 세계문학사 3대 걸작 중 하나

100 | 하늘과 바람과 별과 시 | 윤동주 (양승갑 영작)
요절한 천재 민족 시인의 유고시집 / 대중성과 문학성을 겸비한 시인 김경주 추천작

101 | 정글북 | 러디어드 키플링
영미권 작품 최초, 최연소 노벨문학상 수상작 / 정글의 생명력을 담은 자연친화적 작품
가의 아버지 존 록우드 키플링이 직접 그린 삽화 및 기타 삽화가들 그림 삽입

102 | 거울나라의 앨리스 | 루이스 캐럴
난센스와 판타지의 대표작 《이상한 나라의 앨리스》 속편
거울 속으로 떠난 앨리스의 두 번째 모험 이야기

103 | 마테오 팔코네(메리메 단편선) | 프로스페르 메리메
프랑스 단편소설의 거장 메리메의 대표 단편선 / 비제의 오페라 〈카르멘〉의 원작자

104 | 빨강머리 앤 | 루시 모드 몽고메리
캐나다의 대표적인 소설가 몽고메리의 데뷔작 / 서울시 교육청 선정 청소년 권장도서
KBS TV '책을 말하다' 추천도서 / 일본 후지 TV 애니메이션 〈빨강머리 앤〉 원작

105 | 삶이 그대를 속일지라도(푸시킨 시선집) | 알렉산드르 푸시킨
러시아 리얼리즘 문학의 선구자이자 러시아 국민시인 푸시킨의 대표 시선집

106 | 도련님 | 나쓰메 소세키
일본의 셰익스피어 나쓰메 소세키를 인기 작가 반열에 올린 작품
'책으로 따뜻한 세상 만드는 교사들(책따세)' 권장도서
서울시 교육청 '청소년을 위한 고전 콘서트' 도서 / 서울대학교 지정 수능필독도서

107 | 은하철도의 밤(겐지 단편선) | 미야자와 겐지

일본이 가장 사랑하는 동화작가 미야자와 겐지의 대표 단편선
일본 후지 TV 애니메이션 〈은하철도 999〉의 모티브

108 | 자기만의 방 | 버지니아 울프

20세기 페미니즘 비평의 선구자 버지니아 울프의 수필집
국립중앙도서관 선정 권장도서 / 서강대학교 권장도서 100선

109 | 플랜더스의 개(위다 단편선) | 위다(매리 루이스 드 라 라메)

멜로 드라마풍의 작품으로 유명한 영국의 아동문학가
서울시 교육청 선정 청소년 권장도서 / 일본 후지 TV 애니메이션 〈플랜더스의 개〉 원작

110 | 크리스마스 캐럴 | 찰스 디킨스

셰익스피어와 함께 영국을 대표하는 작가 찰스 디킨스의 중편소설
'책으로 따뜻한 세상 만드는 교사들(책따세)' 권장도서

111 | 탈무드

5000년에 걸친 유대인의 지혜가 담긴 책 / 서울대학교 지정 수능필독도서
포스코 교육재단 선정 초등학교 필독도서 / 경북교육청 선정 청소년 권장도서
백인제기념도서관 교양도서

112 | 호두까기 인형 | 에른스트 호프만

1892년 차이코프스키 발레 호두까기인형의 원작소설
2018 디즈니 애니메이션 호두까기 인형과 4개의 왕국의 원작소설

113 114 | 곰돌이 푸 1~2 | 앨런 알렉산더 밀른

2018 영화 '곰돌이 푸 다시만나 행복해' 원작 동화 / 곰돌이 푸가 건네는 따뜻한 감성 메시지

115 | 인형의 집 | 헨릭 입센

여성 평등을 그린 선구자적인 작품 / 페미니즘 희곡의 대명사 / 노벨연구소 선정 세계 100대 문학

* 더클래식 세계문학 컬렉션은 계속 출간될 예정입니다.